# Das Estações
# Entre Portas

Copyright do texto © 2009 Joana Ruas
Copyright das ilustrações © 2009 Aline Daka
Copyright da edição © 2009 Escrituras Editora

Todos os direitos desta edição cedidos à
Escrituras Editora e Distribuidora de Livros Ltda.
Rua Maestro Callia, 123 – Vila Mariana – São Paulo, SP – 04012-100
Tel.: (11) 5904-4499 – Fax.: (11) 5904-4495
www.escrituras.com.br
escrituras@escrituras.com.br

Criadores da Coleção Ponte Velha:
António Osório (Portugal) e Carlos Nejar (Brasil)
Organização e prólogo: Floriano Martins
Editor: Raimundo Gadelha
Coordenação editorial: Mariana Cardoso
Assistente editorial: Ravi Macario
Capa e projeto gráfico: Renan Glaser
Editoração Eletrônica: Felipe Bonifácio e Renan Glaser
Ilustrações da capa e do miolo: Aline Daka
Revisão: Paulo Teixeira
Impressão: Graphium

Agradecimentos a Aline Daka, Joana Ruas e Maria Estela Guedes.

Dados Internacionais de Catalogação na Publicação (CIP)
(Câmara Brasileira do Livro, SP, Brasil)

| | |
|---|---|
| | Ruas, Joana |
| | Das estações entre portas / Joana Ruas; [organização e prólogo Floriano Martins]. – São Paulo: Escrituras Editora, 2009. – (Coleção Ponte Velha) |
| | ISBN 978-85-7531-334-3 |
| | 1. Contos portugueses I. Martins, Floriano. II. Título. |
| 09-10022 | CDD-869.3 |

Índices para catálogo sistemático:
1. Contos : Literatura portuguesa 869.3

Edição apoiada pela Direcção-Geral do Livro e das Bibliotecas/Portugal.

Impresso no Brasil
*Printed in Brazil*

Obra em conformidade com o Novo
Acordo Ortográfico da Língua Portuguesa

Joana Ruas

# Das Estações Entre Portas

escrituras

São Paulo, 2009

# SUMÁRIO

Uma conversa com Joana Ruas
*Floriano Martins* _____ 8

O OSSO DO DIPLODOCUS _____ 14
  Corpos _____ 16
  A menina que enfiava pérolas de lágrimas num fio invisível _____ 17
  Das estações entre portas _____ 21
  O abismo dos pássaros _____ 28
  Uma criança doente _____ 30
  A paixão das águas pelo céu _____ 36
  A bela de outrora e os seus vestígios _____ 39
  Bonecas calvas _____ 44
  Noiva _____ 59
  Emigrante _____ 63
  Sem rumor sobre folhas de oiro o desconhecido _____ 73
  Anestesia ou atrás de um espelho vazio _____ 76
  Tropismos _____ 80

A CÂMARA LENTA _____ 92
  Autorretrato _____ 94
  Quando virás _____ 95
  Milomaki _____ 96
  Bob Hope e o espelho americano _____ 97
  À sombra dos mitos cegos _____ 98
  Uma visita com criança _____ 99
  A enfermeira X _____ 100
  Crianças _____ 101
  A cadeira ao lado da cama _____ 102
  Visita em movimento de baloiço _____ 103
  Alice no país das maravilhas _____ 104
  Paz branca _____ 105

| | |
|---|---|
| Quando virás? | 106 |
| Solidão | 107 |
| Os amigos trazem flores | 108 |
| Flores no quarto | 109 |
| Lentidão | 110 |
| Todo o poema gera a nossa ausência | 111 |
| O voo dos objetos ou a memória dos lugares | 112 |
| Uma fenda no ecrã | 113 |
| Tardes | 114 |
| Quando virás? | 116 |
| Amigo africano | 117 |
| Colegas em visita | 118 |
| Bilhete postal | 120 |
| A água canta | 121 |
| Erotismo | 122 |
| Casal melancólico | 123 |
| Carta de papiro | 124 |
| O meu médico | 125 |
| Veneração | 126 |
| Publicidade | 127 |
| Horizonte | 128 |
| Restaurante | 129 |
| Vitrais | 130 |
| O susto ou a paisagem sem o corpo | 131 |
| Um silêncio fechado | 132 |
| Diga, diga 8x4 | 133 |
| Vozes e rumores suspensos | 134 |
| Noite | 135 |
| Fra Angélico | 136 |
| Aviação | 137 |
| Apelos | 138 |

| | |
|---|---|
| O segredo da boneca achanti | 139 |
| Televisão | 140 |
| Polaroid ou narrativa em forma de domingo | 143 |
| Sentada de costas para os outros | 144 |
| Biwa | 145 |
| A arca de Noé | 146 |
| Pela voz das vozes intermediárias | 148 |
| Correio | 150 |
| Sem ruído, fecho a porta | 151 |
| Passeio ao maralém | 154 |
| SOBRE A AUTORA | 158 |

# UMA CONVERSA COM JOANA RUAS
Floriano Martins

FM Considerando tua múltipla contribuição no ambiente literário, como criadora, ensaísta, historiadora, a qual desafio maior, em especial, te sentes essencialmente destinada? Ou indagando de outra maneira: quais forças te movem?
JR É minha convicção que a obra literária é, ela mesma, uma indagação sobre as forças que interior e exteriormente nos movem. Escrever é fazer o inventário das ideias recebidas, buscar a nossa verdade na floresta dos dogmas, das religiões, das ideias de toda a espécie que nos assaltam a nós, aos nossos semelhantes e também aos nossos dissemelhantes. Escrever, para mim, significa a conquista de mim mesma pela ocupação progressiva do vasto horizonte inexplorado do imaginário. Escrever é ultrapassar a vida para ir para milhões de possíveis. Por isso não valorizo em especial o romance, a poesia ou o ensaio. É com humildade que abordo a obra de outro escritor ou simplesmente a vida de um dos personagens dos meus romances, pois assim exprimo a minha admiração pelo modo como os seres humanos conduzem as suas vidas no espaço e no tempo que lhes coube viver.
FM Em uma breve entrevista que deste ao *TriploV*, acerca da publicação de A batalha das lágrimas, encontramos três referências ao Brasil, duas delas específicas a escritores: Euclides da Cunha e Guimarães Rosa. Não consigo imaginar a situação inversa, em que o entrevistado é um autor brasileiro. Isto me leva a pensar que a literatura brasileira, de alguma maneira, tem sido mais percebida e frequente em Portugal do que a portuguesa no Brasil. Não me refiro somente à presença física, do livro, mas sim à sua ressonância. O que pensas a respeito?
JR Penso, sinceramente que infelizmente nós, os falantes do Português nos desconhecemos uns aos outros ainda que fraternalmente. Os meus romances *Corpo Colonial*, *A Pele dos Séculos* e a trilogia *A Pedra e a Folha* de que *A Batalha das Lágrimas* constitui o primeiro volume, levaram a que me debruçasse sobre a realidade de outros povos e geografias com os quais contactámos de forma pejorativa ao

longo dos séculos. Escrevi-os para me percorrer desde a mais longínqua memória de mim que é a minha infância exótica passada em Angola. Sobre os povos do mundo global, a Literatura Portuguesa só veio a enriquecer-se com os autores que escreveram sobre a guerra colonial. Sobre o colonialismo há poucas obras além da obra de Castro Soromenho. A Literatura Portuguesa não investiu o Sertão. Com duas raras e preciosas exceções: a do poeta Herberto Helder e a do escritor Ferreira de Castro com o romance, *A Selva*. A falta de um antepassado literário no que se refere à prosa dificultou a minha abordagem dessa realidade. Foi na Literatura Brasileira que encontrei a minha família literária, em Jorge Amado e José Lins do Rego, este último sobretudo no seu romance Pedra Bonita. Esta obra do genial escritor que foi Lins do Rego conduziu-me à obra excepcional de Euclides da Cunha, *Os Sertões* - Campanha de Canudos e depois à obra de meu amado João Guimarães Rosa. Nestas obras encontrei o que buscava sem que o conseguisse exprimir: o universal triunfando pela destruição das existências particulares. Compreendi como era vasta a coletividade histórica. "O sol do homem é o homem" escreveu Michelet, historiador da Revolução e da História de França.

FM Mas que bonita a intensidade de tua fala, este carinho declarado pelas matrizes, o mundo visível das afinidades. Bonito, sim, porém com um rastro de tristeza pela ausência quase geral de conexões entre nossas culturas, são quase como exceções os veículos de circulação, nem mesmo uma (ao menos uma) grande revista que navegue por toda a extensão da língua em seus quatro continentes e que torne efetiva essa viagem, algo que se possa tocar e reconhecer-se nela. Por que este grande silêncio ulterior em nossas culturas, querida? Tenho a impressão de que ainda que nos encontrássemos para um café, os falantes da língua portuguesa espalhados pelo mundo, apenas reproduziríamos a cena de um de teus textos aqui presentes, "Sentada de costas para os outros".

JR Esse grande silêncio de que falas é o silêncio fechado e não o silêncio aberto, esse silêncio que é uma forma superior de atividade pois permite que tudo o que se oculta tenha uma oportunidade de se revelar, a nós que o esperamos, e ao mundo, para o surpreender na sua costumada inércia mental. De certo modo a revista eletronica *Agulha* preenche a lacuna que existe entre as nossas culturas, sobretudo pela sua disponibilidade dialogante.

FM Este teu livro que estamos a publicar traz uma epígrafe de Antonin Artaud sobre a condição anárquica da literatura. Eu queria somar as palavras de Artaud às de Rilke, evocadas por ti em outro momento, quando este afirma que "crescer é ser profundamente vencido por uma força sempre maior". Não resta dúvida de que em uma sociedade movida pelo lucro e a conquista, as palavras de ambos constituem uma insuspeitável resistência. Eu gostaria de te ouvir um pouco mais a respeito, inclusive já nos revelando um pouco da condição anárquica deste teu livro.

JR Antonin Artaud advoga um princípio que me é muito caro e que consiste na afirmação de que o mundo da criatividade é aberto e a relação que o criador estabelece com a Família Humana, sendo criativa é igualmente aberta. Com esta epígrafe de Antonin Artaud, pretendi exatamente chamar a atenção dos leitores para o que ele me ensinou: exprimir o que nos aflige e condiciona, o que nos atormenta não só na nossa solidão mas também como membros de uma comunidade. Dizer a travessia da noite, da solidão e do abandono num hospital que na nossa época frenética é tido como um lugar de parte alguma, dizer essa travessia restitui à palavra a sua verdadeira vocação comunicacional. Tentei exprimir que vivemos num mundo em que o *eu* perdeu a sua arqueologia e que o próximo, o nosso próximo é, nas nossas sociedades, apenas o vizinho do lado e mesmo o vizinho da cama ao lado.

Quanto às palavras de Rilke, acima referidas, elas refletem a minha postura face às obras artísticas dos outros. Jamais tomo os outros artistas como concorrentes. Nada me dá mais alegria que o reconhecimento da grandeza de uma obra. Para Rilke de quem exprimo o legado, o vencedor e o vencido formam um duplo. O vencedor nascido do vencido, afasta-se dele mas continua a viver da sua substância em vez de lhe oferecer a sua. No vasto domínio do espaço literário, o vencedor perpetua a matéria luminosa que lhe foi legada pelo vencido.

A verdadeira tragédia do homem é o fato dele existir como Ser precário no planeta Terra e, na medida em que o Homem depende do humano para assegurar a sua eternidade como espécie ao longo dos Tempos, urge tornar o passado visível pois todos os mundos do universo se precipitam no invisível como na sua mais próxima e profunda realidade, diz o poeta Rainer Maria Rilke.

FM Este teu é um livro que me parece da mesma família de *Collezione di sabbia*, do Italo Calvino, obras em que um conjunto de reflexões não descarta a relação amorosa com a imaginação, em que os relatos ou resenhas de fatos ocorridos mesclam-se a uma força poética em que a realidade e seu revés se completam. Estás de acordo?

JR - Embora conheça mal a obra de Italo Calvino, não descarto a relação amorosa entre a realidade e a imaginação nesta minha obra *Das Estações entre Portas*. Sempre que alguém quer exprimir o que sente ou pensa, acha-se perante o que se não exprime, o que jaz em si de misterioso e secreto e que busca a palavra para a si mesmo se revelar, algo que quer surgir à luz do dia através de uma forma. É, como lhe chamou Paul Valéry, "Aventurar-se no silêncio do desconhecido entregue à abundância da invenção solitária".

Caro poeta e amigo, agradeço-te o mérito imenso das tuas perguntas, pois dão-me a oportunidade de aprofundar a expressão dos conceitos que pretendi transmitir.

FM Sigamos viagem, então. Há uma passagem no livro em que o narrador menciona a luta "pela sobrevivência da memória", justo ele, o mais traiçoeiro mecanismo de conexão do homem com a realidade. Como trafegas entre dois mundos, ensaio e narrativa, como dosificas o fascínio com que te procuram a memória e o desejo, o fato e a invenção?

JR A tua pergunta é muito interessante, pois és um poeta que produz poemas digitais, esses em que a máquina e os dedos captam através do olhar fragmentos da realidade: amorosa, erótica, visceral. Digamos que nos teus poemas há memória, mas uma memória instantânea.

Por vezes temos a sensação de que a memória dos teus poemas digitais estaria na natureza captada ou capturada e, ao mesmo tempo, a memória subjetiva do poeta, a tua, se perdesse no mundo que vai descobrindo como viagem. No que me toca, a luta pela sobrevivência da memória é a luta pela sobrevivência do amor, da amizade e da subjetividade no que esta tem de confusão, de lacunas e de olvido.

FM O que indago a seguir não se interessa naturalmente por um manual de instruções, mas antes se revela como uma curiosidade acerca de tua íntima sensação: como identificas a forma que deves dar à tua criação e sua manutenção?

JR Neste particular, reconheço que é difícil explicar todas as metamorfoses que me conduzem à realidade de uma forma literária, seja poema, romance ou conto. Não parto de teoria alguma, pelo contrário, é a matéria a narrar que me trabalha. Dou ao que escrevo o vazio de uma energia disponível.

FM Viagens, leituras, sonhos, aqui não mais se trata da forma e sim da ramificação do espírito, pela sua determinação diante do que deve ou não validar-se como itinerário substancioso, recordando aqui a fala de um de teus personagens, ao dizer que busca "a arte do equilíbrio na desilusão". O que busca a Joana Ruas em si mesma e no outro com que dialoga?

JR O que busco é a comunicação e a amizade sem perda de autonomia, isto é, sem perda da minha liberdade subjetiva e assim alcançar uma forma de agir justa face ao desenrolar dos fatos da minha vida pessoal e coletiva.

[Maio de 2009]

*A Literatura como uma saída
para as angústias da sua época,
ao magnetizar, atrair e tomar
sobre os seus ombros, as cóleras
errantes dessa mesma época a fim de
a livrar do seu mal-estar psicológico.*

Antonin Artaud, *L'Anarchie sociale de l'art*

# O OSSO DO DIPLODOCUS

# CORPOS

Como uma mancha cor de sépia num prato de porcelana Ming, a doença inaugurou no salmo do meu corpo a dinastia de uma nova solidão. Antes dela, eu pensava como havia de viver melhor, de prosperar, de me fazer amada, de vencer. Agora penso no que pensarei, pois a doença aconteceu sem que eu o soubesse. A doença é um estádio que revela a vulnerabilidade dos corpos no instante preciso em que os corpos no-la desvendam na sua estranheza e solidão. Ocorre-me perguntar se será um resultado de uma cultura, este divórcio entre o corpo e a consciência. Passei, então, para outra memória e o meu corpo passou a pertencer a uma outra zona de mim. Matéria viva e organizada, ele transporta na sua extrema complexidade uma biografia própria e, sendo um mundo que desconheço e me desconhece e que, no entanto, sou eu, descubro nele a existência biológica da Espécie humana, a história da sua trajectória no universo. Sinto-me como indivíduo e penso-me como Espécie ameaçada em uma matéria que a cria, a engloba e a condena à morte.

Na minha memória há distâncias que nenhuma palavra mede ou alcança. Busco folhas de oiro arrebatadas ao imemorial: sonoridades perdidas, odores que me habitaram, alfabetos químicos secretos e, como ventos primitivos crispando oceanos de tempo, as vozes inscritas na galáxia longínqua da minha infância.

Sou um corpo suspenso entre um vasto passado ignorado e o nada do futuro. Carne, temperatura, vísceras, nas paisagens radiográficas sou um corpo tatuado de parélios de flores lacónicas legíveis ao Raio X. Nu repousa como uma pérola no céu invernal da chapa radiográfica onde vagueiam constelações vagarosas como a plumagem de sombrios pássaros aquáticos deslizando em águas paradas.

A dor é uma sobrancelha cega, caótica matéria sem peso, impressão sem memória nem música.

# A MENINA QUE ENFIAVA PÉROLAS DE LÁGRIMAS NUM FIO INVISÍVEL

Vou ao encontro da grande humanidade que vive e morre no hospital. Impelida pela necessidade, deixo a intimidade de um espaço familiar, a memória dos objetos e a singularidade de uma escrita. É na nossa infância que se abrem as portas do destino. Repetia-se, na minha vida, esse deslocamento para o exterior. O primeiro deslocamento para o exterior do meu mundo aconteceu durante o meu isolamento em um hospital do Uíge, em Angola, devido à difteria. A mortandade que assolava a região era enorme. Isolada em um quarto, na ala nobre destinada aos brancos, eu, criança de sete anos, para espairecer o tédio e o sofrimento, quando a falta de vigilância o permitia, saía para o corredor e, de cada vez que tal acontecia, aventurava-me um pouco mais até chegar à porta que dava para o quintal onde, em casinhas de cimento cobertas a zinco, se achava a Humanidade negra. Surpreendida e amedrontada, tive então a visão dantesca de um universo humano marcado pela discriminação racial num lugar de doença, sofrimento e luto. O sol varria o terreiro e junto às casinhas, sentados à sombra de frondosas mangueiras, os negros atacados pela doença do sono tinham enormes agulhas espetadas na espinha. Um líquido transparente escorria das agulhas para frascos de vidro. As mulheres acendiam o lume para prepararem a refeição do dia. Outros, apesar das chagas aqueciam-se ao sol, tremendo de frio e a pele, enrugada como lixa, tornava-os da família dos lagartos. Nessa época não imaginava sequer que essa visão dantesca se iria tornar trivial com a advento do televisor nas nossas casas. Essas imagens de gente morrendo sem fim a céu aberto, vítimas da fome e das guerras, tinham-se tornado planetárias, o planeta assemelhava-se a um enorme hospital e essas imagens eram servidas enquanto os telespectadores, sentados à mesa, retalhavam o seu bife suculento.

Foi a minha solidão que os descobriu e foram eles, esses companheiros de desventura, que me encaminharam para o Exterior. Mais tarde, quando li as primeiras cartas do escritor alemão Henrich von

Kleist, percebi a importância desse acontecimento na minha vida pois tornou-se como que a motivação primeira de toda a minha obra: a minha caminhada para o exterior do meu mundo para abraçar, com o meu talento, essa humanidade discriminada e oprimida.

Achei magia nas grandes aglomerações humanas, e ia desvendando novas concepções do espaço e diferenças entre as classes sociais pois o hospital é uma assembleia de indivíduos juntos mas dispersos, vivendo em conjunto mas sem coesão. Vive ali uma humanidade em estado inflacionário, circulando em um espaço em que a posição de cada ser humano é incerta, indeterminada e contudo omnipresente. Éramos todos existentes preocupados com uma sobrevivência heroica mas sem história pois ali era a antecâmara da morte e nenhum de nós sabia o que nos reservava o futuro. Éramos uma humanidade muda e altamente concentrada e duplamente sitiada por um corpo de poder constituído pelos médicos, enfermeiros, mulheres da limpeza e pessoal da administração. E, ao nosso próprio corpo, também sitiado, assediavam-no os nossos pensamentos, as nossas preces pedindo-lhe um pouco mais de tempo, um nada de tempo que podia fazer a diferença entre o passado e o futuro, se o houvesse.

Quanto a mim, intuía-me, ao pensar-me no presente, como a marcha para esse futuro do passado tal como o vivera naquele hospital do Uíge. Vivo um presente que se forjou sem mim, no meu corpo, corpo que é parte de um código que desconheço nas leis gerais da vida. Estou no lugar geométrico e sem apelo da realidade que sou para mim mesma. A vida dos meus pensamentos passou a residir no meu corpo.

Outrora, criança trêmula e curiosa, ansiava pela vinda de um dos meus pais, por uma visita que tornasse familiar a minha situação pois estava entregue a pessoas que apenas via quando me traziam as refeições. Eu começava a sentir-me abandonada pelos meus e, nos meus pesadelos, ouvia o espelho do meu quarto incendiar-se e estilhaçar-se em mil pedaços que voavam pelo espaço. Era algo de uma raiz, algo que me enraizava num solo humano que se estilhaçava deixando-me como herança as imagens caleidoscópicas dos estilhaços. Com uma espécie de terror apercebi-me de quão frágil era a base em que assentava a minha segurança. Sem o saber exprimir, senti-me fora do mundo coeso, no exterior da família e no exterior também da família dos outros. Se a sociedade era constituída por uma barreira feita de núcleos familiares, eu estava entregue a um mundo sem laços no isolamento do quarto do hospital. Para lá das paredes e ao fundo dos compridos corredores brancos onde, de vez em quando, passava gente de branco mas muda, para lá desses corredores havia um mundo estranho. Ansiava regressar a casa sem me dar ainda conta de que nessa pequena selva de raízes afetivas, disputas e competitividades, eu já tinha ficado para trás, restando-me ter que ir para diante e buscar no vasto mundo o que já não poderia ter no lar familiar. Entre as sombras dos ramos familiares não havia para mim fecundidade. Com a minha existência ameaçada nos seus fundamentos, esperava que alguém viesse um dia bater à minha porta para me falar da sua e da minha existência. Adulta precoce, sentia que ninguém esperava nada de mim nem esperava por mim e eu já não esperava nada de ninguém nem de mim própria, apesar da sensação exasperada da minha existência! Outrora, em pesadelos sem fim, no delírio da febre ouvia o grito lancinante da minha mãe por me deixar ali, ao deus dará, para salvar meus irmãos do contágio. A verdade é que eu não o entendi assim e uma mácula sombria tocou de imediato toda a humanidade presente e futura, como se não houvesse no mundo inteiro alguém capaz de me estender a mão enquanto eu agonizasse! Habituei-me a viver no centro de acontecimentos ilusórios numa atmosfera de misteriosa finalidade. Eu podia esperar tudo de todos, menos amor ou compaixão. Assim me tornei na menina que aprendeu a enfiar pérolas de lágrimas em fios invisíveis.

# DAS ESTAÇÕES ENTRE PORTAS

Narrar é resistir! Alguém, eu, escreve. Alguém, sem saudade ou temor caminha ao meu encontro. Na fonte lisa e branca do papel busco renascer e, nessas águas que do tempo para mim correm, espero encontrar um rosto meu que eu ainda desconheço.

Vieram os dias solitários, dias e dias num ambiente silencioso. No ecrã branco das paredes colho a refração da luz tendo por fundo as vozes, cordão umbilical de uma matriz sonora – a Vida. À medida que o tempo passa por mim, os sons da vida vão sendo a vida dos sons. Zona branca, desconhecida, cercada de muros e jardins, lugar da minha passagem para a descoberta da minha queda e, com ela, da minha liberdade interior. Abordo-a como uma realidade independente. Para meu espanto, esta zona povoada de manequins reencarnados, existia em mim como um livro por escrever.

Quotidiano televisivo. Imóveis e em primeiro plano: camas, cadeiras, chão, corpos, cabelos, pés, mãos, copos, garrafas, chinelos, roupões, arrastadeiras. A água dorme nas garrafas e o leite nos copos, leite de primitivas estações, de prados verdes. Bebe-se o verde no leite, bebem-se ervas brancas cinemáticas em círculos que se alongam pelo fio liso até à nata.

Estou aqui com o meu bloco no meio delas a escrever furtivamente. Sou uma escritora clandestina dominada pelo receio de ser observada. Estou aqui de passagem para o depois e penso que as minhas companheiras têm um imenso caleidoscópio de imagens fabricadas sobre quem escreve. Suspeito que me arrisco a perder a minha liberdade caso deparem com a minha singularidade. E, no entanto, sinto que existe uma grande distância entre mim e elas e a certeza de não poder contar com a sua compreensão e, de resto, apesar do modo como vivem me causar estranheza, sinto por essas mesmas vidas uma amizade fraterna. Submetida às leis profundas da vida, habituada à solidão fecunda, temo que na minha vulnerabilidade atual, ferida pela impossibilidade de escrever, eu abandone o rosto ou o estilo com que me apresento na Escrita. Temo que uma excessiva expectativa esmague em mim a espontaneidade dos gestos solidários. Espera-se sempre algo de um escritor. Pela minha parte detesto que esperem alguma coisa de mim. Faço tudo, o possível dentro do impossível para me livrar de uma expectativa, para aliviar os outros de uma expectativa. Chego lastimavelmente a dar os últimos escudos que me restam a um criado de restaurante ou a um mendigo para os não desiludir. Conto não ter ninguém à espera da minha morte para não ter de morrer mais depressa por pura amabilidade. O que sei de mim persuade-me que melhor estou padecendo de solidão para que este pendor não me obrigue a inclinar-me perante as vulgares tiranias com que os nossos íntimos nos brindam. O pior que me pode acontecer é tornar-me estranha a mim mesma. Evito despertar a curiosidade delas pois neste canto do globo terrestre a curiosidade nunca é um exercício de liberdade, pelo contrário, a curiosidade é avara, ávida e destina-se a armar armadilhas e ciladas aos incautos, enfim, a coligir informações que lhes permitam desarmar possíveis rivais, concorrentes ou competidores. Tudo o que se sabe acerca de outrem visa a obtenção de um poder e não uma conduta moral. O que eu espero delas, para meu sossego, é a indiferença. A indiferença nem sempre mata. A indiferença permite a realização da diferença. Que fazer de uma atenção opressiva, de um olhar atento e perscrutador a que nada escapa? Liberta, posso pensar o mundo, a minha própria doença, posso observá-las na sua humanidade e na sua decadência. O laconismo fecha-me no meu território interior e então, sou plenamente eu. Os meus receios, o meu sofrimento e as minhas angústias são um fardo que carrego e que nunca poiso para que ninguém venha em meu auxílio.

Esta forma de estar tem, em si mesma, um exterior. Vulto talhado pela ideia de fortaleza interior, elas, guiadas por uma estranha intuição, pelo volumoso papel de carta que enchia a minha gaveta ou, ainda, pela suposta disponibilidade que os mudos possuem para escutar, dirigiram-se-me e depositaram nos meus ombros os fardos das suas vidas, as histórias sem História das suas existências. Para se libertarem, para sempre, da memória, como de um luto devastador? Ou, quem o saberia, para acharem pelo dito, um nexo por onde começassem a narrar-se a si mesmas, um destino, uma biografia. Intuíam que para um artista todas as vidas têm, como os poemas, uma forma e, portanto todas as pessoas são importantes. Eu havia observado que os loucos perderam o acesso ao Tempo. O mesmo pode acontecer a alguém na sequência de uma doença prolongada ou de um luto que não deixe que a inteligência realize o que foi o passado e o descole do presente para que este, em devir, alcance o futuro. A noção de um tempo morto, uma espécie de ilhéu no oceano do Tempo, se pode transformar num limiar que permita que se parta para a mudança, pois não é o Tempo futuro a aquisição do novo? Assim, elas apressavam-se para aproveitarem o que tinham ao seu alcance e que nunca haviam tido: tempo e uma orelha atenta.

Tolhidas na fala, as mais velhas sucumbem ao peso da confusão do seu passado em que parecem ter andado por empréstimo, como vultos. Fora dos afazeres da vida doméstica e das intrigas familiares, nada mais sentem que viveram. Presenciaram fatos, e acontecimentos, como guerras, revoltas e morte de reis, mas calam-se quando falam desses acontecimentos porque se perdem de andar nesses fatos acontecidos no exterior das suas vidas, sempre perdidas e, quando voltam a falar deles, partem do mesmo lugar onde se tinham reconhecido perdidas e volvem atrás no pensamento das memórias fatigadas. No pensar põem um anel, um sinal e rodam para o silêncio e pelo silêncio até alcançarem o sinal mais em frente delas para volverem atrás nos passos do pensamento. O pulsar destas memórias dirige-se por zonas do espaço-tempo para um ciclo de velhice e morte.

Poderia ter-lhes dito:- vou escrever os passos das vossas vidas. Mas eu desço como elas pelas zonas do espaço-tempo e o pulsar da minha memória, pela escrita, ruma para o centro da minha própria história. Não lhes posso dar a entender de que mesmo escrevendo eu vou indo, como elas, para o esquecimento eterno. Depois, há sempre o optimismo demolidor de alguns, dos normalizadores que, não libertando do sofrimento, evitam que se pense nele, na vida, como se fosse mais fácil vivermos sem pensamentos próprios, comunicáveis. Essa espécie de otimismo sem alegria era a escada de fácil acesso por onde quase todas se apressavam a subir. Só que a escada, tardiamente o iriam verificar, não as levava a lado algum. A sua existência parecia-me então feita da matéria dos jornais. Dava-me notícia da meteorologia, de fatos insólitos, de histórias sem um fim, de sucessos avulsos.

As mulheres mais idosas foram apanhadas pela perda da continuidade do fator humano nas suas vidas e pela aquisição da noção da diversidade do Tempo como angústia. Vestiram o seu Ser de sombras que agora as inquietam e, não podendo ser de outro modo, é tarde para acharem o caminho que leva a elas próprias. Tinham como memória tudo o que não fora senão uma levíssima emoção. O futuro é, para elas, o dia seguinte. A monotonia dos hábitos dá-lhes a ilusão de continuidade. A rotina cria a sequência fotográfica de tempos mortos sem vista para o passado, porque as suas vidas despojadas possuem essa forma de eternidade amarelecida que caracteriza as vidas desabitadas.

As novas gerações caminham na senda do sucesso, desprezam o passado e nada sabem do passado dos seus familiares pois não existe convívio familiar, as histórias da família não são contadas nem sequer evocadas. Há no ar a ideia de que vivemos em uma era póstuma e inaugural e transmite-se a crença de que não precisamos das referências que nos chegam de um passado pois que este não é encarado como dinâmico. Esse desleixo é uma forma de desprezo por todos os seres que viveram nesse passado, os mortos e os que ainda estão vivos. Os velhos abandonados sentem o arrepio dessa tremenda solidão porque as testemunhas desse passado já não existem e os que com eles partilham uma existência comum, ignorando-os, não estão a seu lado como fatores de continuidade. Ficam, assim, sequestrados da sua própria história pois deixaram de ocupar um lugar no curso do Tempo e de o habitarem como uma Presença. A solidão de que sofrem dói de uma dor viva e funda pela ausência de testemunhas e no reconhecimento de uma solidão retroativa, no peso que carregaram sem que o pressentissem, na certeza da inutilidade de tudo o que construíram, de todo o amor dado, enfim, do nada das suas vidas para os seus. Estão vivos mas, mais que mortos, eles são inexistentes para os seus entes queridos. Quase todos eram reis Lear que haviam repartido os seus tesouros antes da morte e entregado, por amor ou ingenuidade, os segredos dos seus poderes. Alguns tinham amigos que os visitavam. Ao ouvi-los percebi que vinham assistir ao ritual que precede a nossa morte, a todas essas palavras que se dizem a um condenado, palavras em que ninguém acredita e que são inúteis, mas assim é porque a nossa civilização – que se nutre e cresce porque integrou nos seus métodos, a morte – desmoronar-se-ia se pensasse na morte. Quando indaguei nos fragmentos que as memórias deles consentiam em expor-se, apenas achei neles os vestígios de uma autoridade perdida. Tendo ocupado cargos nunca foram autores das suas vidas e o que pareciam querer, ao contarem-se, era apenas para obterem algum reconhecimento por terem sido alguém. Gabavam-se ainda dos valores que os tinham levado ao nada. No entanto, sem as honras póstumas que acreditaram que lhes seriam devidas em razão desses cargos ou papéis que desempenharam, eles sentiam que já não eram nada nem mesmo para eles mesmos.

Os velhos da cidade raramente morrem em casa. Morrem sozinhos, nos hospitais. Dei-me conta de que a maior parte dos pobres e vagabundos que chegam ao hospital, transportam, sem que o saibam já, uma existência tão leve que parecem, com os trapos cheios de vento que os vestem, com as feições do rosto tisnado cinzeladas pelo escopro das noites e dos dias árduos e duros, estatuetas a que a patine do tempo dera espessura. Alguns, por serem notívagos, parecem-se a atores devido à palidez do rosto. Aprendi com eles que ali éramos todos estrangeiros e que por isso havia na hospitalidade prodigalizada o seu quê de hostilidade. E que também ali não se amavam os mortos e os agonizantes. Era como se os mortos fossem indesejáveis, vergonha e mácula da Humanidade, desprezo do universo pelo homem, obra da Morte contra a qual combatiam. Os mortos eram os vencidos. Ignoram como é doce e terna a face eterna dos nossos mortos! Como é acolhedora a sua memória nas nossas vidas! Como podem eles tornar mais suave a passagem que nos levará ao seio onde habitam.

Eu senti junto de mim a presença dos meus mortos. Na extrema solidão do meu destino eles deitaram-se a meu lado naquelas noites abafadas e densas em que a minha alma não respirava. Eles respiravam por mim pelos poros de alvas noites, deitados a meu lado como sombras brancas benignas e quentes. Em uma madrugada sorriram e partiram. Foi quando comecei a respirar, quando o leite espesso que brotava do seio da morte me abandonou, quando a lividez da manhã se coloriu de um raio de sol. Disse-lhes adeus dizendo: «passemos para trás esta morte. Aceito os riscos de viver e apanharei o comboio da morte mais adiante, quando chegar a hora misteriosa em que a morte derradeira me apanhar no cais desse novo tempo que agora inaugurei. Estareis lá esperando-me? Eles, os meus mortos, sorriram. Eles, ó delícia, amam sem sobressaltos, entre dois sonhos, e, num deles, estava eu, deitada, doente, esperando pela morte, esperando que a morte me curasse da vida. Então eles tinham vindo até mim por esse sonho para estarem a meu lado. Com um pequeno sorriso nos lábios pálidos, partiram. Oh! Os mortos, essas sombras ligeiras e claras que se aquecem à luz das velas e das lágrimas do nosso coração. Como tudo lhes devia parecer pesado e estranho quando, tendo acabado de expirar, indefesos, os levaram numa corrida veloz para os esconderem nas caves, como se fossem estranhos ao mundo humano. Levaram-nos rapidamente enquanto uma turma de gente apagava das camas os traços ainda visíveis dos antigos utentes. Mas não haviam sido sempre estranhos desde que tinham franqueado as portas do hospital? Quem os procura nas caves para onde os levaram à pressa, ainda quentes, não vivos mas ainda não bem mortos, chorando, quem sabe, pela triste e feia partida, pelos desconhecidos que os vestem, pela tremenda desordem da morte? Com que dolorosa e perturbante estranheza saem eles do mundo dos vivos e como é admirável a doçura com que eles nos velam, eles que não viram nem as flores nem as lágrimas, eles que partiram no meio do frio e da grande solidão, os únicos frutos que os vivos dão uns aos outros. Senhor Deus, pairou sobre eles, no derradeiro adeus, a mancha da ébria iniquidade! Como eles, no entanto, se elevaram acima da banalidade das suas mortes envergonhadas, como eles se elevam, Senhor Deus, no nosso coração ainda não vencido.

# O ABISMO DOS PÁSSAROS

Na cidade hospitalar sentava-se dias inteiros em corredores sombrios. Adolescente fora imortal de dedos negros. Caçador de pássaros selvagens viera do campo para o meio de aves fantásticas poisadas em bases cilíndricas de cromo. Tinha sido um homem de ofício, um taxidermista. Iniciara-se na prática amável de proteger as plumagens dos malefícios magnéticos. Tinha alcançado a arte suprema do engate. Para ele, as mulheres eram belas à distância, tal como os pássaros nas vitrinas. Hábil ilusionista, transformava as mulheres conquistadas em aves fantásticas. Com o avançar dos anos, o fundo azul das miragens mudara. A monotonia cósmica do quotidiano obscureceu a beleza mítica dessas aves enclausuradas e estranhamente fiéis. Como nas aves migradoras, a essência feminina, feita de espaço e liberdade, viajara para o espaço da memória poisando em árvores míticas. No seu calendário amoroso arquivara a linguagem do abandono que consistia no gesto que tornava visível os cabelos das mulheres. A carne feminina nascia desse gesto, assim como o sexo que se escondia sob a penugem negra do púbis. Pela memória chegava a ele um perfume de estofo e penas. Sentado dias inteiros entre a memória e a paisagem branca do corredor, o seu olhar não olhava, apenas reproduzia ilusões. O seu linguajar era um álbum de sensações envelhecidas. O seu ouvido não ouvia, media sensivelmente o som: os passos abafados do pessoal circulante cresciam do chão e as vozes dos doentes, distantes, tombavam do teto como pérolas cansadas ou indecisas estalactites. As melodias sentimentais dos acordeonistas da esquina tinham o peso melancólico de gotas de água suspensas.

Tinha dois medos: o medo dos gatos e o medo dos incêndios, o medo das chamas e o medo dos olhos faiscantes dos gatos. Aves vermelhas e verdes voavam então em redor de um sol negro. Arrecadara o suficiente para ter uma morte folgada. Do longínquo mundo onde vivera outra existência trouxera um par de pantufas velhas. Entre paredes assépticas salpicava-as de água e tinha o odor de um cão molhado ou de um estofo velho. O crepúsculo atraía-o à janela, caminha então lentamente envergando o pijama de riscas, o chapéu preto e colares de pássaros mortos ao pescoço.

* * *

Nos corredores, os cardíacos deslizam com passos de flanela. Tímidos, lentos, precavidos, envoltos numa paz macia o coração periclitante bate sob os impulsos do pacemaker. Parecem ter deixado para trás as ambições, o desejo e também a cólera. Será por isso que têm um ar bondoso?

Uma jovem argumentava: – Há quem ande por aí a dar-se ares de importância. Como se o que foram lá fora lhes trouxesse vantagens, aqui.

Era-me difícil convencer a jovem a aceitar o estatuto social das pessoas de tal modo tem significado atropelo e abuso de poder. Muitos desses estatutos eram falsos e tinham sido inventados, pois podiam significar atenção redobrada, cuidados a tempo e horas, enfim, a salvação e a vida e não o esgoto que é como nos nossos dias se encara a morte tirando-lhe toda a dignidade. Aniquilada a pessoa social do doente, o seu estatuto, o que adquiriu na sua vida cívica quando tinha saúde e peso social, o doente sente que entrou ali para o seio de uma sociedade isolada do mundo social exterior e para onde entrou depois de lhe ter sido confiscada a sua vida pessoal como acontece com os criminosos e delinquentes nas prisões. Os taciturnos tateiam, na obscuridade em que se encontram, as ilusões que os envolveram. Eu, que nunca quis ser civicamente desigual, suporto, sozinha, o fardo da minha diferença. E, tendo-me refugiado na obscuridade, corro sérios riscos de poder vir a ser esquecida.

Pertenço a uma vasta família de seres vivos que se exprime pelas lágrimas: as crianças, as mulheres, os macacos, as tartarugas e os golfinhos. Chorar é uma maneira doce de tocar com a inteligência na melodia das nossas emoções. É uma participação passiva nos fenómenos vitais comuns à comunidade dos homens e da qual o doente, na sua tranquila solidão, se sente exilado.

# UMA CRIANÇA DOENTE

Em todos os ecrãs de televisão do que se considera ser o Mundo, chovem no Iraque bombas a horas certas sobre aqueles que vivem, isolados, no exterior desse Mundo, aqueles que estão trancados na sua periferia, na periferia daquela fortaleza inexpugnável chamada Mundo onde vive a tão apregoada sociedade internacional. Tão fortes, tão engenhosos, tão inteligentes, tão poderosos são os adultos do Mundo, e, no entanto, parecem mais capazes de destruir do que criar. Criar a cura e criar conceitos que neutralizem as forças que dentro da criança se agitam, imobilizando-a. A criança doente sofre com a imobilidade e da imobilidade lhe chega a suspeita de que viaja silenciosamente para o desconhecido, em uma viajem para dentro, numa viajem que torna visível o que lhe falta – o espaço e o mundo e o espaço do mundo. Só a mãe detém o poder imenso de afastar o medo e a vertigem, aquele sentimento que se insinua na sua alma e a estrangula. A mão da mãe afasta-o com a mesma ligeireza com que afasta uma cortina para deixar entrar a luz. Mas a mãe também é impotente para afastar aquela imobilidade vivida como um castigo perante o apelo turbilhonante da vida ao sol e a ânsia de uma alegria irrefletida.

Para mim que a visitava, aquela criança era uma criança aprisionada num vitral. Da porta eu via o seu rosto coado pela luz das manhãs e rodeado de cores mágicas e claras sombras, de risos de feltro e vozes de plástico. Desse vitral olhava a criança o mundo e queria estar em todo o lado, como se o mundo inteiro pudesse vir a ser-lhe tão acolhedor como um ninho. A criança doente estava lá, no vitral, terna e inacessível como uma rosa demasiada alta, demasiada alva.

Por vezes, o seu rosto fatigado denunciava os pressentimentos que haviam crescido como ervas negras na noite perturbada, a noção do progresso secreto de qualquer coisa, mas não sabendo se essa coisa estava fora dela ou dentro dela. Nesses momentos fixa com o olhar profundo e atento as sombras lisas que se erguem nos cantos pardos das paredes e que lentamente se movem ou alastram. O olhar da criança vai-se alongando por detrás das pálpebras que, cerradas, podem imaginar uma estrela. Por vezes queixa-se de uma constipação no peito e, oprimida, com a respiração difícil, chora e toca a campainha. Solícita, a enfermeira traz-lhe um copo de leite e, enquanto a criança bebe, a mão dela afaga-lhe na testa o diadema das gotas frias de suor e o cabelo negro revolto.

Na sua concha, a criança segrega a grande pérola do dia, um sonho líquido e marítimo como uma enorme ostra. Era o extremo cansaço, a enorme fadiga, o desespero. Mas a criança ignora-lhe até o nome. Do desespero apenas sabe dizer: tenho medo dos meus sonhos. A enfermeira cicia-lhe ao ouvido: –– Os sonhos são como as borboletas, poisam aqui e ali e quando sentem o vento erguem as asas e voam.

Como jamais vento algum a visitaria naquele lugar para varrer os seus pesadelos e aligeirar as insuspeitadas mágoas, a criança puxou o lençol para a cara e adormeceu. A enfermeira surpreendeu-se com a expressão que lhe viu no rosto: tinha o ar de quem, tendo voado nas asas do entusiasmo se sente abandonado por este e, moderadamente, se recompõe, como se o entusiasmo fosse algo de perigoso ou de proibido. A enfermeira havia discernido essa expressão de fundo abandono e cansaço no rosto de militantes que sofrem uma decepção em relação ao seu líder político. Ela havia notado que tal como a doença gastava e usava a criança, assim o entusiasmo varonil desses homens era usado e gasto por líderes que traíam a confiança e as esperanças dos seus correligionários. Esses homens são atingidos por uma desilusão tão funda e dolorosa que começam a escurecer por dentro. O andar torna-se-lhe pesado e vacilante e o olhar, sem brilho, apaga-se e erra cismático como se o guiasse uma alma assaltada pela indecisão.

Depois que ouvi a enfermeira, perguntei-me se não estaria a criança a perder, também ela, a calma consciência de si. Sim, os seus olhos destilavam já a estranha mágoa de estar ausente do curso do tempo, do seu pulsar, da sua temperatura, da sua música. E esta dor que nos rasga a todos, atingi-la-ia? Pois desde quando começamos a morrer? Quando começamos a amar? Quando se começa a amar, percebemos que tínhamos começado a morrer alegremente, numa larga e calorosa onda vivendo, só que sem o sabermos. Vemos o buraco negro, o abismo do Ser, o fragmento da memória, as forças obscuras da vida, estancadas. E, permanecendo como permanece um rio sem ponte ou uma paisagem alumiada a uma luz crua que nós jamais poderemos atravessar, aprendemos a serena imobilidade face ao desastre do tempo disponível. Tal como o rosto do amante assim é de uma gravidade serena a face da criança doente. A criança não conhece a morte que traz dentro de si. Conhece, sim, o sofrimento de não ser como as demais crianças, de viver separando-se de si mesma como se de si mesma nascesse até ficar isolada com os seus brinquedos, as suas preces, os seus pequenos e palpitantes desejos, as saudades da escola, dos amigos, dos pais. Quereria voltar as costas à sua dura infância, à mágoa de não ter uma infância como a dos outros. É um pouco como se trouxesse dentro de si a dor que é a sua infância e a tal ponto que a infância quase deixa de existir. A criança não sabe que mais tarde, um dia, a infância voltará, miraculosa, para se completar e definitivamente acabar. A pele da memória da infância pôr-se-á a vibrar e, como um fruto maduro, cairá derramando a sua doçura sobre a cicatriz do tempo, a cicatriz que ficou desse tempo, o tempo em que a dor e a doença fizeram parar a sua infância. Como é bela a vibração dessa pele-memória! Como foi vão o medo do escuro! Como fora branca e inútil a sua tristeza!

Nesse tempo anterior, os seus olhos abriam-se na escuridão como flores mal acabadas de eclodir nas madrugadas frias! Uma tênue pétala que cai é um lenço branco acenando um derradeiro adeus. Como era calma e grave e serena a face da sua criança doente, da criança que não sabia se pertencia à sua infância. No entanto, alguém que no corredor passava teria pensado: como é grande a infância daquela criança agora calva, pálida como uma brisa invernal e com o olhar fixo no interior de uma raiz verde, embalando nos braços o urso de peluche, tão grande surge essa infância que parece intocada e envolvendo a criança em uma enorme mansidão. Mas a criança, aquela dos dias perpétuos, morava fora da sua mansidão, fora da mansidão da sua infância. Acontecia sentir-se, a criança, acariciada por algo que existia no exterior dela própria – a sua infância. Mas a vida real, a sua vida recuada e acuada dentro de si, a vida que era os seus olhos famintos, essa vida real era leve como um sonho. Esse sonho leve como uma sombra já encetara a curta viagem desde a sua origem até à nova origem, aquela que a cura inscreveria no desconhecido, o traço novo pois tinha de começar a viver a partir de um traumatismo.

A criança era alguém que buscava uma solução estando a solução nas mãos dos outros. A criança buscava uma solução para a sua inteligência oprimida mas a solução exigia espaço e ela não podia alcançar o espaço. Um dia a criança começou a cantar. Sentia-se a vida subindo, alta, na sua pequena voz. Parecia ter deixado a sua cruz, a doença, para trás, e conquistado algo de novo. A criança, tendo conseguido mudar de felicidade, tornou a doença e a solidão irrelevantes. Cantando florescia a criança. A sua doce voz infantil saía do vitral para o grande templo do espaço, emergindo, como um botão de um lódão, do fundo de um lago silente.

\* \* \*

Quando a noite é densa e inquieta, tento transformar o terror em consciência. Quanto à minha morte não posso sequer nomeá-la. Se eu morrer, morro de uma morte virtual e simétrica, uma morte atrás do espelho dos meus dias já passados e levando comigo, no silêncio profundo da verdadeira morte, o cofre vazio dos meus livros futuros. Jamais compreendi em que lado do Universo estão mortos os escritores, poetas, ensaístas e filósofos que amei e amo ainda. Foram eles que me tornaram no que sou, que me revelaram a Vida e, revelando-me as aparências que a Vida toma no Real, me revelaram o Outro e por meio do Outro me achei a mim mesma. Foi do seu legado que eu brotei e me tornei fecunda. Como os amei em fogo e lágrimas! A sua inteligência e amor chegou até mim perfeito como um cristal, tal como eles talvez tivessem querido poder amar na sua vida sem que o conseguissem. Envolvida nessa onda de energia que atravessa o Universo eu orientei a minha inteligência e amor para os seres, dando-lhes a minha Escrita.

Os doentes não têm família. Eles pertencem, enquanto doentes, à família dos doentes. Na cidade, os Imortais veem televisão. Aqui, há o idílio de uma mulher com um cancro e de um rapaz que perdeu uma perna. Ela faz longas caminhadas para o encontrar. Entre portas e corredores descobrem-se, sem se falarem, por um só e longo olhar. Um olhar decomponível nas suas emoções, mas único. Curiosidade, desejo, vulnerabilidade vão e voltam numa onda luminosa e magnética. Vivem os dias à espera desse olhar onde se encontram cada um em si e no outro. Os presentes que recebem da família, por obrigação moral, dão-nos um ao outro, com prazer. Como na arte, o espaço desse amor é intemporal e misterioso. O doente sofre de insegurança. Ele sabe que a sua presença transporta algo de desagradável, uma espécie de culpa original, um sentimento de queda. Ele sabe que está privado de proporcionar prazer aos que ama. A família vai e vem, parcimoniosa, enfadada. Revezam-se junto do doente, sempre à espera, como num emprego, da hora da saída. Para o doente, a realidade existe em um espaço virtual onde nada é permanente.

A realidade, tal como a vivemos, é tudo o que se opõe ao sonho. E o que se opõe ao sonho é o caráter de tudo o que é permanente. Assim, só é real o que permanece.

O crepúsculo incendeia as vidraças dos prédios da frente. O corpo rejuvenesce pela mão amorosa que celebra a beleza de uma cicatriz, uma tatuagem virgem. Máscaras iluminadas em um palco de jade, os rostos repousam no Ontem; os olhos sondam os olhos que olham para trás. Passam em horizontes novos as múltiplas formas de Vida, as metamorfoses do corpo, as tatuagens do bisturi. Pela paixão da vida nascem os corpos. Arrancados à sua trágica realidade para a sua irrealidade mortal, os corpos amam-se na imagem dos corpos.

# A PAIXÃO DAS ÁGUAS PELO CÉU

A velha mãe faz tricô. É um corpo largo de pernas curtas. O rosto nasce do queixo. Volumosa mas apagada a sua presença absorve as palavras dos outros. À sua volta surdina-se. Ela fala com as mãos uma linguagem ativa. Faz pontos como se dissesse palavras corretas; não as que gostaria de dizer mas as que julga útil dizer. Estica os fios de lã presos ao pescoço e regula o ritmo das mãos com as balanças dos braços; tem pesos sensíveis nos cotovelos. Transforma o fio em arquipélagos de pontos encadeados, entrelaçados. Ergue a trama do finito, do acabado, do circunscrito. Faz malha como quem ergue muros onde se encerra. Não é a mulher que constrói a malha, é a malha que fabrica a mulher tal como os dias a vida dos pássaros diurnos. A sua atividade torna visível a arquitectura dos seus limites. O seu silêncio opõe-se a um poder situado no exterior dela. A sua presença dá-me uma sensação de conforto familiar. Talvez por eu estar deitada a escrever e ela sentada na cama e voltada para mim. Aquela malha em forma de manga descosida era como os meus contos vermelhos nesse inverno. Voltada para o coração da terra ela canta a litania dos submissos: a minha filha dizia, a minha filha dizia... ilha ilha ilha ilha ilha. Escrevo: a paixão das águas pelo céu.

\* \* \*

As mulheres que metidas nos cacifos escuros aguardam pela mamografia, apesar da perturbação da angústia, conseguiam ler as frases escritas nas paredes daquela caixa de madeira. Ao esforçarem os olhos na decifração das frases ali escritas por outras mulheres, adquiriam uma espécie de orientação na obscuridade envolvente. Acabavam mesmo por discernir, naquelas frases, as que haviam sido ditadas pela ansiedade nas mulheres ali chegadas pela primeira vez, das outras, bem diversas e escritas pelas mulheres já habituadas ao ritual e que exprimiam um desespero tranquilo mas não resignado. A caligrafia dessas últimas, devido à extrema tensão, era mais concisa e distinta pois já lhes não tremiam as mãos. O golpe que haviam recebido, sim, o golpe terrível soltara-se delas com a rotina, o desespero tornara-se, de tão quotidiano, habitual e comedido, vivendo elas em uma desilusão dinâmica. Quando deixaram de tremer e de pensar na morte começaram a viver. Eu senti junto delas que poisara nelas o mistério dos dias de espera vividos sem prazer, sem defesa, numa agonia simples, triste e, por vezes, luminosa. Muitas delas, não tendo motivo para se rirem de nada, riam-se de tudo. Eram mulheres atingidas de cancro no seio ou no sexo e cujos companheiros tinham, como única forma de comunicação com elas, o sexo. Privadas deste, aquelas formas de não relação morriam à míngua de outra linguagem. Muitos deixavam de as visitar, outros visitavam-nas periodicamente. A situação delas era-me intolerável. Mas elas não falavam disso. Uma disse-me, um dia: – Eles cansam-se de amar. Aliás, chegam cansados ao amor.

Eram mulheres que viviam viradas para os interiores mudos. De certo modo não pareciam pessoas mas personagens e quando me encontrava frente a elas tinha a terrível sensação de as estar a fotografar em primeiro plano, ocupando elas um canto do retrato e tendo ao lado um cenário enorme e vazio: um chão varrido e lustroso com uma porta aberta que nunca se sabe aonde vai dar porque nos não orientam quaisquer sombras.

Aliás a minha presença incomodava-as. Viviam no inferno da exclusão social, uma morte simbólica. E temiam a minha repulsa. Era essa a razão do rirem-se: tomavam uma aparência inofensiva porque temiam os Outros, os Imortais. Fingiam assim ignorar que o esquecimento começara para elas no interior das suas vidas. Este jogo de incertezas alimentava a nossa existência. A gama das emoções era vasta: a doença atinge-a no seu vigor quando a paciente é jovem e admira a força como um valor em si; na beleza, quando a imagem do corpo se torna num valor da sensibilidade. Nos corpos velhos, os traços declinam e há neles uma suavidade terna, um som orgânico e um tom outonal. Mas em todos a dignidade humana reside num ponto de convergência de atitudes do corpo, de situações do corpo. A roupa e as referências, mesmo vitais, passam pelo corpo. Objeto de culto ou de contemplação, o corpo vive por si e para si e o doente vive fora dele. O corpo que é seu, tal como a vida, não lhe pertence. O que o doente quer alcançar é a posse do corpo, o esplendoroso amor pelo seu corpo. A cura é a continuidade dentro da noção de existência. É o acerto com a representação da realidade. Para os doentes totalmente incapacitados, a morte surge como o abandono de um despojo que os coloca sob o poder total de outros, sendo, portanto, a única passagem que conseguem conceber para a continuidade consigo mesmos, no campo da derradeira liberdade.

# A BELA DE OUTRORA E OS SEUS VESTÍGIOS

Tivera tanto receio do cancro na mama que se fazia radiografar de seis em seis meses. Numa dessas sessões, o médico saiu para tomar um café. Ninguém viu a radiografia, e o relatório, baseado na rotina (ela tornara-se demasiado habitual), foi feito sem ser observado pelo responsável. Seis meses depois teve de ser operada porque já era tarde. Esta mulher que trabalhou em publicidade foge do marido e dos colegas. Tinha caído sobre ela o silêncio e não o conhecendo havia-se sentido perdida. O silêncio que lhe havia sido recusado era-lhe agora devolvido como a parte hostil e desumana da vida e, não podendo habitá-lo, não conhecia a cor e os pensamentos da fonte fria donde brotavam os pensamentos e a música. A parte de silêncio que agora lhe cabia era uma terra órfã onde as trevas imperavam e onde os sentidos regurgitavam cardos e pedras de desolação. Nos retratos antigos procurava vestígios. Seria ela aquele manequim? Quem era aquela mulher com as aparências todas trabalhadas? Sim, todas as suas aparências haviam sido moldadas, polidas, remodeladas. O seu exterior tinha que brilhar na guerra das imagens. Agora trazia todos esses vestígios às mãos e, como o arqueólogo que escava em ruínas muito antigas, ela tirava dos seus vestígios o cascalho e a areia e até restos de mortos, daqueles e daquelas que se haviam rapidamente consumido na batalha das imagens, daqueles e daquelas que haviam sido fulminantemente efêmeros. Pela primeira vez na vida chorava a essência desconhecida de que era feita a beleza com que fora dotada. Como tinham sido afinal duros e tristes os dias desde que os sentira despidos do esplendor primaveril da sua beleza primitiva e selvagem! Daquela beleza que ainda não havia sido posta a render! Como podia chorar e lastimar a perda do desejo do marido por uma beleza que não era afinal totalmente sua mas fabricada pela máquina infernal das imagens? Haveria ainda no mundo olhares virgens, olhares susceptíveis de captar com inocente júbilo a beleza desconhecida de cada ser vivente? Tinha caído no mundo onde a dor não podia ser escondida, onde a parte de treva, a doença, o luto, a solidão não podiam ser negadas. Mas pela mão da dor, com a sua carga de angústia e solidão, subira um degrau de acesso a uma revelação. Tinha aceitado todas as palavras que a dor e a solidão lhe haviam trazido, as palavras escritas de poetas, de escritores, de filósofos, de meros companheiros de solidão. E sentiu que tinha acedido igualmente a um grau mais elevado de existência: a partilha da noite, dessa noite que não era só dela porque os outros, a seu lado, viviam a noite deles. Tinha-se mesmo reconciliado com a sombria compenetração dos anjos impassíveis que perscrutam em nós os sinais de declínio. Eles são os derradeiros mensageiros do mundo maquinal e frio da técnica. Agora que tinha aceitado os trabalhos da mutilação física e da dor moral, tinha achado entre os vestígios da sua beleza de outrora o que julgara perdido. Sim, ela tinha achado o esplendor de um momento de amor, um momento que se tornara tão presente, quente e consolador como quando lhe havia sido dado sem que o visse. Deixou que o ressentimento a abandonasse, que o sentimento de injustiça se apaziguasse. Afinal a corrente da vida continuava a rodeá-la, rodeá-la-ia sempre e para sempre, mesmo quando, desesperando de ser desejada e admirada, o esplendor dos momentos vividos se tornasse presente em si, como algo seu, jorrando do interior de si mesma e de que nada nem ninguém a poderia privar.

*  *  *

Na memória a casa de campo. A cega entrava pela porta principal e saía pela porta da cozinha. No quintal ia de árvore em árvore decifrando com os dedos os troncos do choupo branco – Populus alba L. – escritos em Braille. Poemas digitais. Molda em argila vermelha estranhos seres humanos com os membros deslocados e torsos que lembram árvores anãs arrebatadas e subjugadas pelo capricho da ventania. Alguns desses modelos parecem estar de pé em um repouso de corpos deitados. Têm então um movimento sinuoso, contínuo e lento como quando ouvimos com os dedos a música de uma superfície ou de uma escultura. Sentirá ela assim os corpos, um corpo? Com que olhos vemos nós os nossos sonhos?

A vizinha de cama do meu lado direito ouve rádio, a do meu lado esquerdo, cassetes. Eu leio como se viajasse de automóvel num filme com banda sonora dolby estéreo. Uma sensação de isolamento dentro de um falso movimento. Alheia ao meu pensamento corro pelo texto, táxi driver entre frases, devorando com o olhar os sinais de uma estrada, os vultos apressados.

Anoiteceu. Sei-o pela ausência das vozes e da música. O silêncio tomba sobre mim como uma cor vazia. Lentamente começo a ouvir os meus pensamentos. A minha agressividade esvai-se. A paz do sono. Poemas sem palavras.

Acordo. Silêncio com luzes. No espaço insonoro da mente eu regressava ao corpo, entrava no corpo da minha consciência de mim, da minha consciência das coisas exteriores. Os sons de outrora, ritmos pictóricos e figuras opacas tinham-se desprendido de uma sopa acústica pesada. Colagem de sons antigos de instantes volvidos. Poemas de sons. A paz do sono.

Um avião que liga dois continentes passa lesto entre os vidros da janela. Os passageiros vão chegar ao destino. Ruído de tempestade afogada. Maio chega ao fim. Do fundo oceânico do sono parto à deriva ao longo das dorsais das marés imemoriais. Silencioso está o manto terrestre que cobre o magma incandescente. A epiderme dos dias azuis de ozone anuncia Junho com uma tepidez mansa. É manhã no Paraíso. O meu corpo começa a viver e o sangue corre no meu coração que sorri. A saúde é o sono do corpo e eu espero-a com impaciência para me escapar para outra zona da existência. Com a saúde o corpo vive em silêncio. Não escreveu Stendhal que para criar os seus romances precisava de tranquilidade física e serenidade de alma?

A funcionária pública é uma cabeça de obsidiana. Está fechada horas e horas em uma dor imensa. Passa a dor e é sempre manhã, um território da infância nascido das traves de um odor. Ela pede: croissant quente com café ou, simplesmente, farturas. Então, revigorada, a sua razão enfrenta o terror, o poder das quimeras. E nasce para uma vida que sem cessar lhe vai fugindo.

Eu queria que ela traduzisse por palavras o que era essa dor, como era a dor de um mieloma múltiplo do crânio. Julgava eu que as palavras que definissem a dor a aliviariam. Perguntei-lhe: – Como é a tua dor?

Ficámos as duas em silêncio, numa calma cúmplice. Por fim disse-me: – É uma sensação sem imagens, assim, como um grito ao telefone. Um grito ao telefone, terrível. São dores dentro de uma dor indivisível. Como uma bala que nos rasgasse a carne sem nunca atingir o alvo, que não para, não para nunca e que apenas se dissolve nas drogas. Não sei o que poderei dizer para te agradar.

E pegou-me tristemente na mão. Vi a dor dela, a tempestade do seu cérebro, ali, onde as correntes do pensamento dela rodopiavam em derredor de um emaranhado de raízes pulsantes. A doença é uma interferência. O seu oceano, o cérebro, petrificava-se. Esta frágil mulher era um mistério, pois no seu cérebro erguia-se uma ilha sibilante e o que dela restava lentamente se arredava, lentamente derivava, lentamente... Muito lentamente também eu ia derivando, a dor, sim a dor, a minha dor invadia-me, aguda, viva, imperiosa. Mal respirava oprimida pela montanha negra que me esmagava a imaginação. A cor esmorecia e os meus sentidos perdiam o contato do mundo, a minha pele parecia ter deixado de existir. O que me restava senão os dois olhos abertos no sopé da montanha? É preciso ver para que o mundo exista, como é preciso acordar para que haja uma manhã na existência do nosso mundo. E as manhãs correndo para o passado do Universo passam por nós vindas de dourados séculos vindouros. Olhar, olhar os outros, tocar os outros com o olhar e intimamente cantar aquela frágil mão que nos consola na impenetrável solidão, como uma estrela próxima num céu vazio. Volvidos séculos senti a Dor recuar e o mundo nascer. Circunscrevi a Dor até ela não ser mais que o sofrimento de um órgão. A montanha tornou-se leve e os cimos altaneiros, de transparentes, confundiam-se com o céu longínquo.

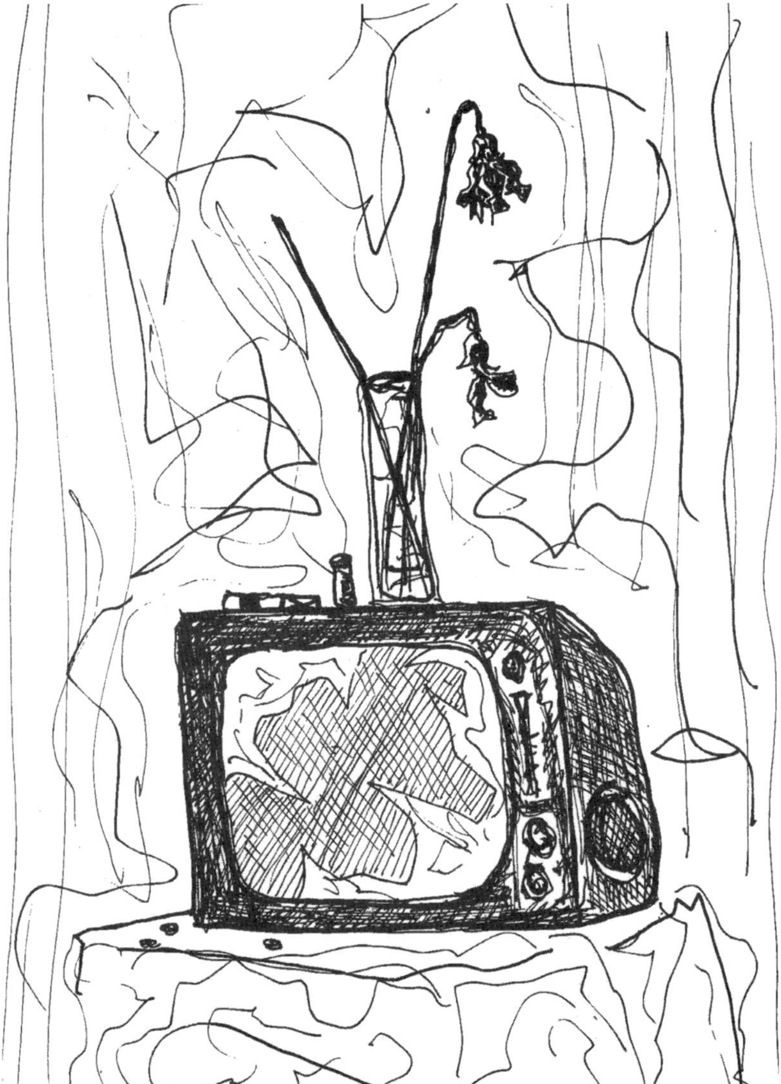

# BONECAS CALVAS

Maquilhagem metafísica. Nos terraços das múltiplas radiações, desertos aéreos e rios aleatórios correndo entre cabeças calvas. Na noite opulenta e primaveril do corpo a matéria prolifera até o infinito. O cancro é o infinito da matéria. Com os peixes de frio suor elas erguem as antenas telepáticas, sensíveis à energia, ao vinho tórrido e ocre do cobalto, às metástases terrestres. Das núpcias celestes trazem no corpo impressas as laranjas negras das radiações, a marca do combate invisível entre qualidades e registos de troca, o amor obscuro entre o corpo, a luz, o mineral. Vestidas de alvas, bonecas calvas. A lua boca vagueia nos rostos, girino verde rodando nas longas patas azuis.

\* \* \*

Noites nascidas dos relógios. Horas graves e pesadas. Corpos cansados, empacotados por Javacheff Christo. Há raízes lunares no espelho líquido dos lençóis, águas caçadas pela indecisão do branco. Nítidos, os varões das camas entrelaçam-se sob a luz. Paisagem branca, deserta. Os cabelos, uma mão, um pé, saem de ravinas brancas, desoladas. No corredor passa gente caminhando para o outro lado da mesma paisagem.

Agora que acordei é noite na terra por detrás dos vidros embaciados da janela. No hospital nunca é noite. O hospital é uma colmeia iluminada por luzes simultâneas e pálidas. Aqui, tudo o que existe é obra da nossa atenção. Olho nos leitos os corpos e eles amanhecem brancos; velas tombadas entre mastros de barcos naufragados. No sono oceânico vão indo, à deriva, lentos ataúdes com rodas.

Uma enfermaria é também um pouco como a redação de um jornal. Espera-se por um acontecimento, pelo acontecimento. Entra alguém de novo e é célebre. Se não chega numa emergência, traz um pouco da cidade no ritmo dos escritórios e supermercados, dos salões de divertimento e dos cinemas, dos apartamentos com dispensas que se enchem e se esvaziam ao longo do mês. Trás das arcas congeladoras os frutos de todas as estações, os peixes de todos os mares, a carne de muitos aviários e matadouros. E rosas de todo o ano, sem aroma. Por quanto tempo? O tempo de uma história com um fim mas que não é tomada como história nem como fim. Um ser humano sem razão aparente de ser mas que é um ser. Espera-se pelas primeiras palavras para sabermos que mundos têm ali os seus alicerces e que vidas se cruzam naquela vida. Por vezes essas esperadas palavras jamais iriam chegar. Guardavam-nas ciosamente. Com medo, medo de se tornarem demasiado evidentes na sua leveza. Há seres, sim, seres que ao serem abraçados nos dão a sensação de abraçarmos uma nuvem. E, no entanto, na sua mente repousa a imutável e muda pedra. A pedra do silêncio mesmo perante o fragor das marés da vida.

Os que vão ficando confraternizam na indiferença. A espera cria laços solitários, desgarrados. Nesse cenário o gesto de uma mão ou o ruído de uns pulmões cansados captam-nos a atenção.

Com a chegada da militante todas se calam, sobretudo a corista, a velha órfã de homens. Falar de política ou de ideias é perigoso. De resto, logo à chegada, a pretexto de uma revista ou de um livro, os funcionários, enfermeiros e mesmo o pessoal da limpeza, já se haviam encarregado de inquirir sobre o lado em que não nos deitamos, o lado que não nos protege. Nem queixas há com medo de desagradar. O medo faz mudas todas as línguas. Uma frase infeliz que nos revele pode perder-nos. Não é a morte que se teme mas a passagem para o lado dos infelizes. Uma frase pode ser o passaporte para a infelicidade, para a segregação.

Sobreviver com precaução significa a escravização de cada doente aos possíveis melindres de todos os que no hospital detêm um poder. A função das prendas é apagar os efeitos de qualquer melindre, os vestígios dos incômodos e dos trabalhos havidos quando das grandes crises, e predispor o pessoal para os serviços de que possam vir a precisar ou, sobretudo, para que um olhar de desprezo não os condene a sofrerem a privação de cuidados.

A militante que tinha mudado de ideologia com o 25 de Abril não perdera o sentido da ordem das coisas, dos pequenos privilégios, dos subornos miúdos. Podia-se dizer dela que toda a poesia residia no coração. Tinha um aperto mitral. O ritmo dos seus tons cardíacos era um dáctilo: uma semínima e duas colcheias. Vivia sobre o quinto pé de um verso épico.

Quando acordou da anestesia ela, que estivera às portas da morte, mal se recompôs, confidenciou-me: – A minha comoção, deve-se à noção que adquiri, de que não devo a vida à bondade humana mas à indiferença do operador. Vivemos num mundo em que a bondade se tornou inútil. Afinal, não veneramos na bondade exatamente aquilo que nela nos pode vir a ser útil? Se estivesse errada haveria no mundo gente ferida de ingratidão?

– A eficácia, respondi eu, é o fruto de um grande labor e de uma técnica que se apurou ao longo de muitos anos de pesquisa, estudo e experiência. Não será isso uma forma inteligente de amar embora indiferenciadamente?

– Hoje chega-se à eficácia por ambição, por carreira. A moral da bomba de neutrões – continuou ela – é a moral cirúrgica da eficácia e da indiferença no seu estado mais puro. E para que a querem se não servir os seus planos de dominação?

– Há pessoas cultas que aceitam facilmente a morte dos outros, daqueles que não pertencem à sua família política, nacional, biológica, social ou literária.

"A ideologia, hoje, não toma os seus valores nem nas ciências nem nas humanidades mas na informação. A informação limita-se a ser um conjunto de rumores propagados pela comunicação social que reproduz como um eco as intrigas de bastidores ou as conversas havidas nos cafés. Esta ideologia crê que nada se aprende já pela experiência direta e que tudo entre os homens se reduz a relações encenadas, às diversas políticas e às consequentes relações de força que instauram". Li este apontamento extraído de uma obra de Michel Serres. Mas não me aliviou de uma dor moral intensa: a que derivava da constatação de que o Homem Moderno se despedia lentamente da Família Humana, da Humanidade. Escrevi no meu bloco de cartas: "escrever é amar silenciosamente com o pensamento".

As filas das camas alinhadas. A multidão dos corpos envoltos em lençóis brancos. O tam-tam dos corpos, respiração destas páginas. Há rostos que sonham sonhos onde os corpos ressurgem por muitas margens de um tempo sem portas. Corpos sobrevoando corpos deitados, sentados sobre mares na tepidez desértica dos leitos vazios de outros corpos. Mãos e cabelos que se ramificam como arbustos negros. O sangue lateja por todos os poros dessas noites iluminadas por dentro. Pesadelo: "sonha-se que se dorme e é preciso despertar. É impossível despertar porque se está já morto".

Uma jovem debate-se no sono. Os longos cabelos negros agitam-se, rodopiam, envolvem-se na almofada branca. Ela acorda atónita. Cavalos negros tinham entrado no quarto pelo espelho e galopavam. O seu olhar erra, assustado e deslumbrado pela luminosidade crua e sem sombras que irradiava do teto branco.

Delfina, a órfã, compra o jornal por causa do obituário. O seu estado de saúde agudizou-lhe a sensibilidade, desorganizou-lhe as emoções. A sua linguagem reveste-se de timbres melancólicos. Recorta os anúncios e cola-os num álbum.

– São de pessoas que conheço ou de quem ouvi falar. Olha, mais um.
– Menos um, respondia-lhe eu.

Nunca chegamos a um acordo. Ela soma a recolha dos desaparecidos. Eu subtraio gente a uma comunidade de seres vivos. A vida era para ela eterna e o tempo infinito. Ela contava o número dos mortos e eu o dos vivos. Havia em ambas a ideia de uma cadeia infinita de seres, uns vivos e outros mortos, mas separados por uma passagem. Éramos todos parte de uma vida infinita mas com um termo.

– Tu não pensas na morte – prosseguiu ela. Nunca ninguém humano voltou da morte, mas se quiseres, tudo farei para te aparecer e contar o que há por dentro do invisível.

Atalho esta oferta mórbida. Eu estava ali para me curar e não para morrer e, talvez por querer arredar de mim a ideia da morte, respondi: – O que de melhor podes fazer por mim quando morreres é não assombrares as minhas noites.

Durante dias nada me disse. Folheia revistas que eu lhe empresto e parece mais razoável, mais equilibrada. Eu conto-lhe episódios das minhas viagens, leio-lhe poemas enquanto ela faz tricô. Um xaile. Demasiado duro e persistente havia sido o frio que envolvera o seu coração, ao receber apenas, e por intermédio da caridade, a migalha de amor de um Deus distante. Todas as ocasiões eram boas para tentar tocar no fogo de um qualquer afeto. Nenhuma alma havia migrado para a sua e a sua já se perdia na imensa fadiga do seu voo para o desconhecido. Queria ela – pensei ainda aturdida – fazer parte dos meus mortos? Queria ela, para se manter viva, ser apenas a futura morta de alguém? Uma dúvida atravessou-se-me no caminho: a de que se não estaríamos ambas à beira de um pulo para o eterno nada. Como viver derradeiramente num mundo donde os mortos desapareceram e a morte impera? Teríamos que arrancar a nossa humanidade dos escombros das religiões e das ideologias? Teríamos que subtrair a nossa humanidade antiga à ferocidade sombria dos jovens? Por que estaria o meu coração aflito? Debatia-se o meu Ser contra o nada? Contra a noção de que viver é ser póstumo, isto é, não se vive sem se ser o morto de alguém? O meu coração bateu fortemente: deixamos de ser mortos ou deixamos de ser vivos? Existir pelo amor é viver de forma perigosa. O grito dela mais não era que um apelo ao amor numa época em que amar é aceitar desperdiçar o que devemos a nós próprios. Ninguém pode erguer-se sobre as ruínas de outrem compelindo-o ao amor, o que equivale à obtenção do sacrifício voluntário do Outro. Para Rilke, a Lei do Amor foi-nos prematuramente imposta. Durante dois mil anos abusou-se da disponibilidade de quem ama ao ponto de passar a ser entendida como aptidão para a servidão voluntária. Distorção que rapidamente levou ao triunfo da morte através da aceitação do sacrifício voluntário ou compulsivo como uma solução para as crises sociais jamais prevenidas, evitadas ou resolvidas.

Vi a minha angústia e vi essa angústia na extensão do nada, vi o incomensurável vazio e vi finalmente a imperturbabilidade de Buda, perante o fragor da queda das Idades e a eterna miséria humana, erguer, com suprema serenidade, o Humano, através das obras da Perfeição e da Justiça. A lei do amor só será viável depois que a Justiça se torne uma meta realizável. O coração acalmou-se-me e tornei-me, de súbito, simples e ciente de que o que é justo é o que cada um deve a si mesmo e aos outros. O cerne da questão residia, no tempo de Cristo, na avaliação de tudo aquilo que devíamos aos outros. A avaliação do que é justo levara séculos e os homens de devotada espiritualidade haviam renunciado aos bens pela paz enquanto os exércitos imperiais continuavam as conquistas e a rapina de toda a riqueza levando os povos à extrema penúria. É necessário percorrer os séculos. Jamais seremos novos se renunciarmos à nossa antiguidade, à antiguidade da nossa condição humana. No seio de sombras furtivas, a minha angústia fazia agora parte da dor antiga que se encontra no caminho do aperfeiçoamento espiritual do Homem e que não é senão uma gota de água no Oceano do Tempo, uma lágrima no coração da eternidade.

A acrobata viera com a mala cheia de camisas de noite de nailon. O rosto sem rugas era balofo e de uma brancura lunar como a dos notívagos ou a dos que vivem sob a luz dos projetores. Os membros eram frágeis e a carne flácida, etérea e alcoólica. Cheirava a alho, uma disciplina alimentar para fortificar os músculos. Um dia disse: – Tenho andado a pressentir qualquer coisa. Sonhei com sapatos. Que quer isso dizer, ó escrivaninha? (a escrivaninha era eu.)

Sapatos. Sonhar com sapatos. Teria ela lido alguma coisa a este respeito no almanaque dos sonhos?

– Sonhar com sapatos significa uma viagem para breve. Coitada, no estado dela que outra viagem a espera? Um festim para os vermes, assim falava a militante que não lhe suportava o cheiro.

Ela não no-lo dizia por acinte mas por humor negro. A cassete e a órfã odeiam-se familiarmente a ponto de não poderem adormecer sem se dizerem "boa noite, até amanhã". Ambas queriam crescer socialmente mas trepando por um muro de ódio. A agressividade em relação a um terceiro, a acrobata, visava fazer derivar o ódio para um alvo, na esperança, quem sabe, de poderem formar ambas um grupo, canalizando o ódio mútuo para outrem substancialmente diferente. Era um jogo violento mas que parecia fascinar toda a gente. Eu indagava as razões desse fascínio pela violência. Pensa-se que o ódio alcança o seu objetivo mais rapidamente que o amor que é paciência. Contudo, este encontro com um ódio que se exprimia de forma urbana numa simples frase acalma-me e persuade-me de que tenho sono. O que acontece pouco depois. A minha angústia que tendia para a irrealidade encontrava quietude naquela forma cortês de se exprimir a agressividade. Talvez porque a minha diferença se achasse mais escondida. Sem que nessa época o suspeitasse a acrobata protegia-me com o seu exotismo. Se todo o ódio se viesse a traduzir através de um esgar cortês em vez de perseguições e guerras, bem andaria o gênero humano. Esta alternativa caricata, contudo, como afastasse a brutalidade, apaziguava. Digo que apaziguava adiando a exclusão da terceira pessoa, daquela sobre a qual o diálogo do ódio prosseguia subterraneamente. Era como adormecer depois de uma vigília de fogo tendo como único horizonte uma fórmula que significava o começo de uma trégua noturna. A acrobata vivera sempre de noite e a noite era agora o seu suplício. Quando para nós se fechavam as cortinas dos dias, abriam-se, para ela, as cortinas das noites. Abrem-se para nós as cortinas das noites dentro dos dias e, para ela, as cortinas dos dias dentro das noites. Guarda nos frascos de cosméticos toda a aguardente que lhe permite sobreviver. E leva-os no bolso para a casa de banho. Ri muito. Um riso que lhe brota como um fruto amargo de uma lendária fecundidade. Era como se no circo do mundo poucas ou nenhumas novidades a aguardassem. Esta mulher jogava ali o jogo supremo ao percorrer o arame esticado das forças vitais que a mantinham viva tendo por horizonte a queda no vazio. Eu via-a no esplendor da sua fragilidade equilibrar o veneno e a cura. As pessoas consideravam-na uma doente fácil pois não se opõe a nada nem a ninguém. Contudo, há no seu riso algo que amedronta pois quando a agridem é um pouco de raspão, à boa distância de lhe escaparem. O seu riso amedrontava porque era o sinal de uma inteligência bem armada. Eu também ria mas de um riso fácil, do riso de uma inteligência totalmente desarmada e, portanto, inofensiva.

Abandonada num palco deserto nele caminha, vestida de nailon azul, entregando-se a estranhas acrobacias noturnas. Passos curtos, cadenciados. O trabalho do corpo para eliminar o peso bruto da velhice. Corrige com a mão o movimento das ancas que descaem. Alonga o pescoço para harmonizar a curva do dorso como se todos os seus pensamentos fossem demasiado leves para estarem presos. Para dar um passo levanta o joelho e, numa pirueta difícil, poisa-o lentamente no chão erguendo um braço acima da cabeça. A minha curiosidade não a toca embora saiba que eu a olho. Vejo-a na escuridão imaginária da sua marcha. Volta para mim o rosto e a renúncia dos músculos movem-no em caretas agônicas. Como gostaríamos de poder regressar ao país da juventude, à primeira primavera, a mais antiga, àquela em que as feições dos rostos são firmes, como leves e incisivos são os traços dos deuses eternizados na pedra!

A maior parte dos doentes vive em estado de suspensão. Os que recuperam não se recuperam facilmente da imobilidade a que estão condenados para não incomodarem. O primeiro passo dela visa a recuperação de um equilíbrio. É o movimento tentando conquistar espaço à imobilidade. É a vida erguendo formas sobre o vazio.

De dia, deitada na cama e tapada até o pescoço, é uma cabeça grande com duas orelhas à escuta. Cerra as pálpebras e dormita com intermitências. Quando acorda, a cabeça move-se em direção ao som. A música que tanto me incomoda é-lhe familiar. Os seus anjos teriam partido todos para a guerra? Dançava em uma nuvem e vinha o soldado, o general, o chefe de Estado. Esta mulher era o símbolo das mulheres que foram perdendo a sonoridade não sendo mais, na velhice, que uma ressonância cega. Aquela ressonância que levou Louis-Ferdinand Céline a afirmar em "Féerie pour une autre fois" que "ela tinha no corpo música bastante com que fazer valsar a vida". O médico Louis-Ferdinand tornou-se conhecido pelos livros que escreveu e assinou com o nome de batismo da mãe – Céline. Deu à figura da mãe o poder evocativo da origem, uma origem que, segundo Céline, fora lançada aos azares da fatalidade e da história, achando-se, por esse fato, arruinada e enlameada. O seu olhar edipiano julga discernir que o Édipo de entre as duas guerras mundiais põe a mãe no lugar da filha e faz com o corpo desta mãe degradada um continuum. Na época de crise das instituições sociais (Estado, família, religião) a mulher foi sacrificada à coesão social e o seu corpo, prostituído, não estava no lar, estava na rua. Os nazis colocaram-na no bordel como se este fosse um templo e votaram-na, quando considerada de origem pura, à procriação. Era o corpo da mulher recuperado pelo aprisionamento que, possuidor de música, ia fazer valsar a vida a par da grande marcha militar dos exércitos. A Mátria assim dominada institucional e psicologicamente como não produtora de desejos, deixou de estar ao alcance do estrangeiro, sobretudo do estrangeiro negro, árabe ou judeu.

A órfã anda perturbada com o sonho da acrobata mesmo sem ter feito parte dele. Esta preocupação permanente da órfã devia-se à sua leveza. Sim, ela não tinha peso no mundo. Há seres assim, nascidos sem peso nem lugar, vivendo como plumas, flutuando como plumas. Por isso eu tinha diante de mim alguém que queria adquirir um peso póstumo fazendo parte dos meus mortos. Sim, ela fez com que eu descobrisse que tinha peso no mundo. Eu não era leve a ponto de poisar no sonho de alguém sem sobressalto. Eu nunca me ocupei com os sonhos dos outros. E, sobretudo, jamais consentirei que sonhem comigo! Jamais consentirei em ser a noiva de celibatários tristes! Jamais consentirei em figurar em um sonho alheio, sem qualquer poder sobre a gênese dos meus gestos, das minhas escolhas. Em suma, sem ser eu. Por quê? Confesso que me ignoro nesse ponto. Não é arrogância de escritora ou preconceito de ficcionista. Talvez tenha a ver com o cinema. Como espectadora sempre tive a sensação de estar a assistir ao sonho de outro com muitos figurantes, mas estando eu livre, muito livre, assistindo a tudo protegida pela minha invulnerável liberdade. Presumo que sem a descoberta de Freud e sem o exercício da psicanálise não teria havido interesse dos criadores de arte e dos espectadores pelo cinema. Não é o cinema uma fábrica de sonhos?

– Sabes alguma coisa sobre aquele sonho? Porque nos perturbam tanto! É como que o pressentimento do que está para vir – continuou ela, mansamente, tocada talvez pela proximidade da noite. Eu não sabia bem o que dizer. A noite vinha. Eu via-lhe as largas espáduas e as pálpebras de pedra avançando silenciosa e dura por corredores e salas. Quando as luzes caçaram os véus da noite fui capaz de dizer:
– Os sonhos vêm do passado. Estão dentro de nós e não fora de nós como no cinema. O que nos aflige nos sonhos é a desordem. Quem pressente apalpa a materialidade do tempo.

A voz dela tinha penetrado e acordado algo latente no meu inconsciente. E o eco que nele se produzia, quem sabe se há milênios esta voz já nele havia ressoado como água numa gruta profunda, levou a minha mão a registar: o que nos aflige nos sonhos é a desordem dessas luzes vindas do fundo da noite, sinuosas flores noturnas como sexos impalpáveis ondulando rodeadas por clareiras de grandes silêncios vivos. Por vezes, a calma sonolência de uma porta que se abre para um jardim de lentas brisas ou para um insonoro e pausado mar.

– Nunca tive uma casa de banho só para mim – prosseguiu ela. E as casas de banho públicas horrorizam-me. Tenho de estar atenta para ser sempre a primeira a lá entrar. Tenho de lá ir antes de outra pessoa. Sabes, preciso de silêncio. Eu só sei que acabei de urinar quando não ouço o ruído da urina. Quando alguém vai antes de mim há o ruído da queda de água a insinuar-se pela pia abaixo. E eu, se urino, nunca mais paro de urinar ou, pelo menos, não sei se estou a urinar ou não. E chego a demorar lá tanto tempo que as pessoas começam a bater à porta. Então saio e fico de novo à espera para ir urinar porque não sei se urinei ou não. Acontece-me sonhar que estou a urinar e, no sonho, o corpo urina e eu sinto-me. Quando acordo percebo que não urinei. Outras vezes noto uma mancha amarela nos lençóis. Nessa altura sinto vergonha, mas ao mesmo tempo tenho a sensação de bem-estar, como se estivesse urinando entre as árvores em um dia quente de verão. E da terra sai um calor, um vapor fumegante, um cheiro a ervas verdes e úmidas. E o meu corpo estremece como se tocasse outro corpo.

Pegou num lenço e começou a chorar. E enrolava o lenço molhado entre os dedos, apertava-o de encontro ao peito. Naquele momento em que o seu ódio estava adormecido pelas lágrimas, assustei-me com o modo de como a incerteza pode tornar trabalhosa a tarefa da existência. A vida dela parecia estar a ser urdida partindo um dos seus fios de um ponto qualquer da finitude do mundo. Ela não conseguia suportar-se na medida em que não se aceitava totalmente na parte de exclusão que lhe cabia. Eu compreendia, pois antes de ter de suportar os outros eu tive de aprender a suportar-me a mim mesma, tive de ter paciência com o que a minha inteligência me ensinava (trazendo uma grande incomodidade à minha vida, diga-se de passagem) e que era de todo diferente daquilo que o senso comum tinha como estimável e valioso e que consiste no conhecimento de tudo o que nos pode tornar mais ricos materialmente. Eu compreendia porque muito a custo ia preservando aquilo que os outros excluíam em mim como inútil – a minha criatividade. Aceitar a totalidade da minha pessoa era aceitar viver incomodamente, num diálogo conflituoso mas pacífico entre o meu ser estático e o meu ser dinâmico que se alimentava do pólen da flor dos horizontes misteriosos. Recordei a prece contida no capítulo XXI do Livro dos Mortos dos Antigos Egípcios:

*"Para devolver ao defunto os poderes da sua boca"*

*Salve, ó príncipe da luz,*
*Tu que iluminas a morada das trevas!*
*Repara! Chego perante ti*
*Purificado e santificado!*
*Que vejo eu? Os teus dois braços*
*Voltados para trás.*
*Tu que repeles tudo o que vem*
*Dos teus ancestrais*
*Dá à minha boca os poderes da Palavra,*
*Para que à hora em que reinem*
*A noite e os nevoeiros*
*Eu possa orientar o meu coração!*

Não será o ouro dos poetas e escritores o poder da palavra? Perguntei-me, frustrada, pois eu sentia-me oprimida pelo modo triste como ela tinha galgado a distância que nos separava violentando a minha intimidade. Quando ela e a "cassete" disputavam, sorriam uma à outra como se houvessem esquecido as hostilidades. Em mim pusera ela a necessidade de me incorporar nela, no seu modo de sentir. Pensei na sua vida, no seu passado sem amor. Teria ela o vislumbre terrível de que carecia de algo que jamais alcançaria na sua vida? No ovo do mundo em que vivíamos, nesse lugar em que o acaso e a necessidade nos juntara, fazíamos uma aprendizagem singular: a da angústia de ser. Eu pensava-me e intuía-me como uma consciência livre que experimentava a total independência do mundo em relação a mim. Ela absorvia a minha razão e imbuía-me do poder de um coração cego que eu sentia bater no meu pensamento com um apelo vital que me submergia. Quanto mais me internava naquela floresta cerrada mais longe deixava a minha luz, as minhas luzes. Na fronteira de uma nova existência afundava-se em nós uma civilização inteira. Pegava nos livros, nas roupas, nos cadernos de notas escritos com uma letra miúda e apressada e achava-me entre ruínas (a escrita) entre ritos (os acessórios que cobriam o meu corpo) entre canoas (os sapatos).

Sem o sabor das framboesas silvestres e sem o perfume do feno cortado, sem a roda dos rebanhos de ovelhas que juntam as cabeças para se cobrirem do sol e sem as árvores com os seus pesados frutos, Agosto é um filme a cores. Agosto é liso e nos estendais a roupa esticada e seca não bate como estandartes de guerra sob a cutilada do vento. As noites são calmas, de uma tranquilidade fria. A enfermeira de serviço passa e observa-nos com uma atenção errante. Não nos via, a cada uma de nós, singularmente. Buscava detectar apenas, naquele conjunto, quaisquer sinais de desordem.

– Ah! Dormir de um só sono, gemia a corista.

A órfã aproximava-se dela cheia de piedade, mas a outra esquivava-se a esse sentimento. Para a afastar ria-se limpando da testa e do pescoço o suor que os cobria. Sob o efeito do sedativo adormeceu para acordar pouco depois, e exclamar: – Ah! ainda estou viva! Ó da guarda, onde estou eu?

Uma estrela, uma nuvem, um pássaro, poderão ser apenas estruturas? E a luz? Arcos quebrados nos vidros da minha janela, a luz silenciosa visita-me, música dos astros ou dos abismos inacessíveis da matéria cósmica. Realidade longínqua só acessível pela matemática. Música captada pelo violino dos números. Que sabia eu do Universo na placenta da minha mãe? Nos alvéolos do meu sono aquático que silenciosa memória genética me pertencia? De que confins sou feita? De que sóis e de que ventos? De que música? As nuvens passam na imobilidade do céu azul de espaço.

A órfã não falava da natureza que para ela emudecera. Falava da temperatura, do frio. Eu tinha dela uma imagem: era uma orquídea que lentamente estiolava dentro de uma caixa de gelo. Tão frágil era que parecia que ia desfalecer no instante seguinte. Mas pôs em mim os seus derradeiros afetos. Fora educada em orfanatos e colégios e escrevia-me bilhetinhos de amizade ressentida e não correspondida. Para mim, tudo o que existe transporta consigo a terrível beleza da finitude e, mesmo sem mim, os dias vão-se precipitando no abismo do Tempo. À noite, ao olhar as estrelas, a órfã falava do infinito mas, durante o dia, ela cortava flores quando passeava pelo jardim. Fui surpreendida pelo poder que a palavra exerce em mim exatamente porque nela, a palavra pulverizava-se, esvaziada e inútil. Também estranhei, na maior parte dos textos contemporâneos, essa ausência de energia nas frases e nas palavras. Penso: tudo é finito como a vida das flores. E recusava as que me oferecia. Aquelas corolas poisadas na palma da mão e exalando um perfume morno, deixavam na minha consciência dos seres vivos um rasto de sangue de estrelas moribundas. Ela falava-me por meio de formas de expressão comuns no que se refere a uma filosofia da vida. Eu falava ao afeto dela através de formas de expressão que me eram comuns, mas se ela não compreendia a minha filosofia eu não compreendia a dimensão do seu afeto. Que há afetos mesquinhos, isso já eu sabia. A minha amizade parecia que não bastava para a salvar da desamparada solidão que padecia. Quanto a mim, imaginava se me seria fácil libertar-me da sensação da inutilidade de um sentimento que se dissolve como um raio de luz na escuridão. Ela tinha muito pouco a que se agarrar para se manter viva, e salvava-a, quem sabe, a ilusão de que o mundo não podia continuar a existir tal como era, sem ela. De fato, o mundo, para continuar a existir tal como é, precisa de nós. Só que já se esqueceu disso e há gente que acha que o mundo pode continuar a existir mesmo não sendo o que hoje é. Eu estava talvez menos cheia de convicções. Instalada na minha viagem, desde que me conheço que sei que o mundo, não sabendo que eu existo tal como eu me sinto existir, não dará por falta da minha presença. E, se pela filosofia não aprendi a amar, como disse Sócrates, pela filosofia aprendi a morrer. Ela não progredia na compreensão da minha mentalidade, eu não progredia na relação com ela, na afetividade. Éramos duas solidões que se não tocavam, duas sensibilidades que só medindo-se se afloravam, duas inteligências que só no confronto comunicavam. Contudo, eu era para ela uma voz na solidão de um mundo cada vez mais povoado de desconhecidos.

\* \* \*

Quando entrou era setembro. Vinha do hospital Júlio de Matos. Fixou-me com os olhos verdes. Disse: – Olá, estás cá outra vez?

Depois de uns instantes de confusão, conclui que nunca me vira nem em sonhos. E, tendo-a eu visto pela primeira vez naquele momento, observei os seus gestos e a atitude do seu corpo. Os seus gestos mimavam o erotismo publicitário e, embora robusta e jovem, tinha o aspeto gasto de uma nota manuseada e usufruída por milhares de mãos. Pensei: não é prostituta mas dedica-se à prostituição. Oferecia-se ao meu olhar com a forma de ser mulher com o corpo do sexo.

Acabada de chegar estava no mesmo lugar, um lugar sem nome, sem memória. Respondi: – É a primeira vez que cá estou mas já aqui podia ter estado.

– Ah! Já me lembro. Vi-te pela primeira vez no filme Voando sobre um ninho de cucos. Talvez nos conhecêssemos lá. Pois. Tu ias tão bem naquele papel, ias tão bem naquele filme!

Como entrasse uma enfermeira, continuou, num francês atabalhoado: – Tu comprends ce que je dis, okay nous sommes à Paris la plume dans le train la pluie assis dans la banque de cigarettes au soir des gitanes...des gitanes.

– Estiveste em França, foste emigrante?

– Não, não. Ia de Jerusalém para Paris mas fui presa pelos cavaleiros do céu da Guarda Republicana. Dá-me os teus cigarros. Tens lápis para os lábios?

Abri a gaveta da mesa-de-cabeceira, tirei um baton e dei-lho. Pintou os lábios e olhou-me como um homem.

Os loucos são loucos porque perderam a capacidade de serem espectadores das suas próprias vidas. Doentes passivos, estes ausentes de si mesmos, tendo todos os nexos passados e futuros esquecidos, afundam-se no sofrimento e nos pesadelos. Os velhos abandonados também vivem, contornando esta forma de loucura. Contornam-na percorrendo os nexos perdido porque são incapazes de estabelecerem nexos novos. São seres à deriva, um pouco sem governo, um pouco governando-se a si mesmos. Os despertos vivem a sua solidão povoada de sombras, têm sob os olhos a cartografia da sua vida. Veem continentes a afundarem-se, veem mares, estreitos e ilhas. Vão andando ou navegando para uma passagem, para um ponto de viragem. Nada depende dos abandonados, tudo depende dos outros. Os despertos mergulham no mar da destruição, lentamente, sem esbracejarem, evitando todos os movimentos inúteis, todo o gasto de energia. Aguardam que a corrente, o vento ou um barco ocasional os salve.

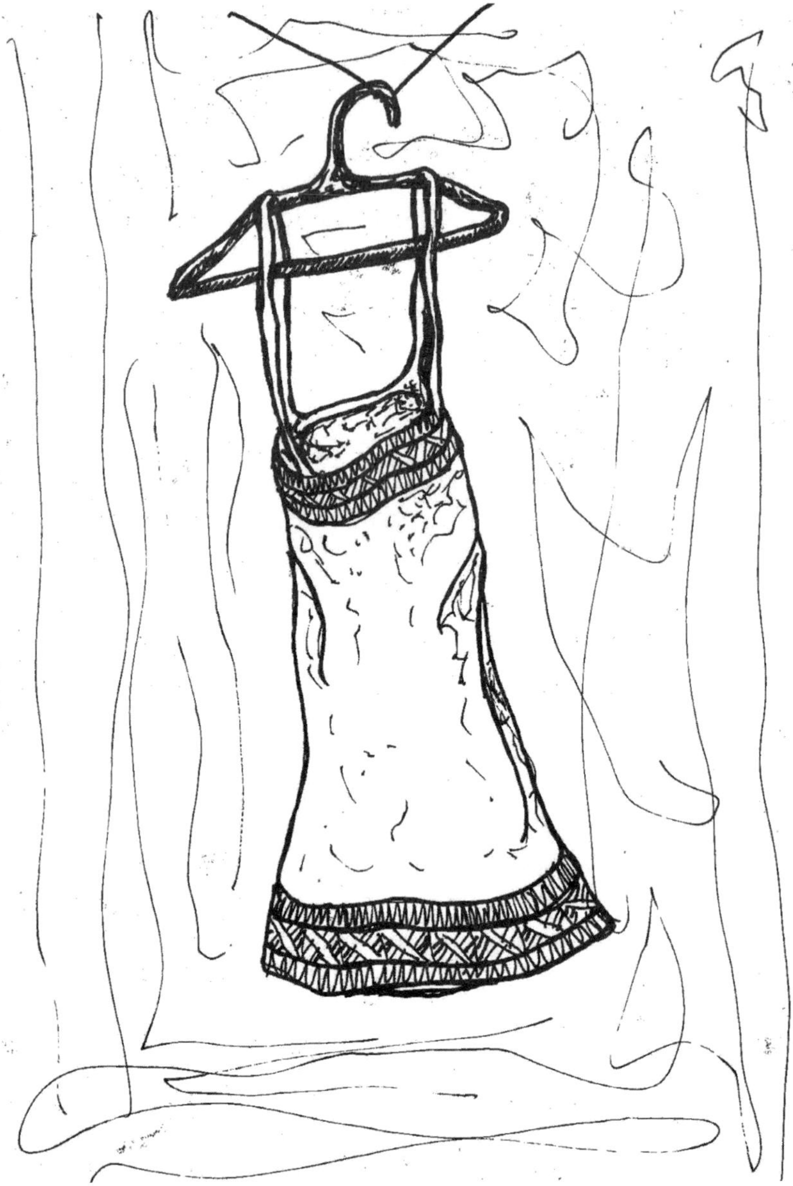

# NOIVA

A prostituta alisa as meias de vidro com os dedos enluvados. Busca astros lisos como olhos de cavalo. Veste-se de branco sobre balaustradas que dão para avenidas ornadas com bustos de homens ilustres e árvores noturnas. Noiva acariciada por um perfume nevrótico atravessa jardins de ovos cinzentos. À noite, ela olha a sua imagem fria nos vidros das janelas. Um rosto entre o interior silencioso do hospital e as luzes da cidade. O seu olhar não se vê. É um olhar que pensa o impensável. Observo-a da minha cama. É uma mancha azul numa página branca. Escrevo: sombra para os olhos, sombra verde água. Aproxima-se de mim e deixa-me no regaço um pedaço de jornal. Em uma reportagem fotográfica ela está em uma esquina com o rosto irreconhecível pela tarja negra que lhe oculta os olhos. É um corpo sem rosto. Deita-se e poisa a mão enluvada sobre o sexo. O corpo desaparece e o rosto torna-se lentamente visível. Quando fecha os olhos o seu olhar parece existir voltado para o lado de dentro de uma paisagem nua. Na janela passa a lua. Branca. O que ela me contou: fecundou com a menstruação a mala de pele de cobra da amiga que a visita. Tiveram um filho de cabelos vermelhos. O que sei dela são as ruínas desse sonho antigo.

*  *  *

Sentada na borda da cama a visita da doida. A amiga. Velhas amizades que nascem do internamento. A visitante dedicava-lhe um sentimento protetor um tanto usado e maquinal. Nas faces o rasto quase imperceptível da febre das ideias fixas. Tirou da mala uma maçã e um canivete. Descascou-a e comeram-na calmamente, em silêncio e numa concentração de quem ouve passos sobre a relva. Um médico de bata branca entrou de rompante, murmurou umas breves palavras e, como se ali estivesse por engano, saiu rapidamente. Entreolharam-se, cúmplices.

– Ele disse boa-noite – comentou a visitante com a maçã na boca. – Que te pareceu? Ouviste? Não percebi bem mas ele disse qualquer coisa.

– Hum! Que outra coisa podia ter dito, sim, vamos lá, que outra coisa podia ter dito?

A outra mastigava a maçã, meditativa:- Nós sabemos como somos e porque estamos aqui, mas que outra coisa podia ele dizer aqui, assim, sem conhecer ninguém? Jovem e belo como era que outra coisa podia dizer quem entra assim de repente e volta a sair?
- Talvez seja um enviado de Deus, um anjo.
- Que mês é hoje?
- Hoje é setembro.
- Então era um cão chamado Setembro. Um anjo não entra assim. Os anjos não entram ou, se entram, é pelas janelas fechadas. Os anjos não entram pela porta. Além disso, os anjos não usam calças debaixo das batas. Usam saias compridas com pregas de pedra. Não andam. Os fiéis põem-nos em nichos de pedra com objetos de pedra nas mãos e prendem-lhes os pés até eles arrefecerem e ficarem também de pedra. É assim que os prendem nas Igrejas.
- Outro dia apareceu lá um homem do Ministério. Gente que trata dos pobres. E alguém disse: "Foi Deus que o enviou". Ora quem envia anjos é Deus.
- Caiu do céu, disse aquele alguém. E estava vestido de homem e trazia uma pasta na mão.

Seguiu-se um longo silêncio. Depois a amiga saiu. Adormeci. Quando abri os olhos vi o seu rosto sobre o meu.
- Clarinha, disse ela.

E beijou a outra na minha boca. Como um cão em uma praia deserta nos desperta com o bafo morno no nosso rosto adormecido ao som poderoso das vagas, assim despertei eu em setembro com o frio e enigmático mistério desse beijo que não me era destinado. Surdamente recordei os fragmentos dos seus delírios. E a existência dela usava-me. Veneno subtil, a criação inteira de milhares de vidas mutiladas abatia-se sobre mim nessa linguagem frenética de desejos abandonados em campos magnéticos distorcidos pela tensão, em imagens de multidões retalhadas pela guerra e pela propaganda, na sua fuga sem fim, nem destino, em fotografias de artistas de cinema e de televisão, rostos abafando rostos, corpos ocultando corpos, filmes, revistas, placards. Explosões verbais luminosas colidindo com a matéria inerte. Estrelas neutrônicas, neuróticas, fechadas num poço negro que regurgita a sua energia num incêndio de palavras. Algures na ordem do tempo, talvez entre 1900 e 1918, a Humanidade começou a implodir. Hoje, por todo o lado, vemos percorrer o mundo os andrajos, o que restou dessa grande humanidade perdida.

Acabei por sentir ternura por essa mãe noturna e vagabunda de muitos homens. Mesmo sozinha, ri, docemente, como os convalescentes. E gravei no papel esses signos. A cadência da escrita embalava-me o pensamento. Mas o meu coração estava alvoroçado e inquieto. As letras, como insetos alados, gravavam-se na matéria placentária do papel. Eram os signos do meu universo em gestação a germinar no tecido celulósico das árvores.

Setembro guarda-se na orelha e o melhor não se exprime. A descoberta da linguagem e do escutar. Um cão chamado setembro. Longa metamorfose!

A enfermeira chefe assistia impávida ao desenrolar desses dramas banais. O seu passado era triste. Durante sete longos anos, dizia-se, esperara, sem se deixar desencorajar, pelo marido preso por razões de ordem política. Sofrera com isso e por isso, mesmo no hospital. A dureza daqueles tempos roubara-lhe a inocente frescura da sua alma. Ao seu rosto quase inexpressivo aflorava uma vaga inquietação. Eu compreendia que ter que puxar a pesada carroça da inércia mental e da ignorância humana era uma tarefa de tal forma esmagadora que muitas vezes eu me tinha indagado se não seria mais salutar sacudir dos ombros o jugo do heroísmo como fizera Galileu. Mas ela queria salvar nela a humanidade do mundo e por isso o seu heroísmo não tinha sofrido vacilação alguma. Em nós se salva e se afunda a humanidade, tal era a sua mensagem. Com tal fardo, ela era eficiente mas não era amável. Tinha qualidades mas as doentes não lhas estimavam. Era escrupulosa e competente. Mas o que fazia não se comunicava e parecia enterrado para sempre nela própria. O passado cruel que tivera cauterizara o seu coração em relação ao sofrimento como se o sofrimento fosse a regra da vida normal incluindo-se na normalidade o sofrimento provocado pela conquista do progresso quer econômico quer moral ou pelo mero jogo da ambição. Com ela descobri quão privilegiados havíamos sido todos aqueles que pudemos viver com a nossa infância até tarde, com a descuidada memória de uma infância como se uma infância mesmo longínqua, fosse mais que um abrigo, fosse como um agasalho na longa intempérie. Tivera ela uma infância espartana? A sua dureza tornava-a apta a exercer o poder descobrindo as "necessidades" insatisfeitas das doentes e apontando-as, sem transigência, como faltas, às outras enfermeiras. Fazendo-as sentirem-se culpadas pelo sofrimento, tornava-as eficientes e os seus dias de vigilância eram os mais dinâmicos. Nada na sua fisionomia parecia aplacado. Nem os seus gestos traíam sensibilidade. Uma amarga impaciência parecia dominá-la. Até onde havia ela cumprido as metamorfoses e os fardos do amargo mistério do amor? Ela criava a saúde dos doentes sem que eles o pressentissem e tão naturalmente como outros a morte? Eu confiava-me à sua competência com temor e respeito. Respeito pela autoridade que lhe reconhecia e temor por tudo o que dela se escapava sem que o pressentisse. Medo pelo seu imenso esforço não compensado socialmente, pelo seu sofrimento não reconhecido.

# EMIGRANTE

Casaram. Tempos passados ele disse: – Vou emigrar e voltarei um dia, com dinheiro para uma casa com um quintal.

Partiu para França. A mulher ficou à espera. Ele não era homem de escrever cartas, mas era homem de palavra. Voltou cinco anos depois, a férias. Habituado como estava às prostitutas francesas desgostou-se da mulher por causa do cheiro. A mulher disse: – Os teus sentimentos mudaram.

Ele ficou mudo. A sogra disse à mulher: – Ele não gosta da aldeia por causa das moscas. Disse que ninguém toma banho e que cheiramos mal.

Sendo já viúva, encolheu os ombros. Mas a mulher sentiu vergonha, pena e confusão. O doirado fulgor da sua entrega, os seus eflúvios de sal tinham morrido nas trevas da náusea dele. Anos depois, em França, ele sentiu saudades da mulher. Percebeu, então, que nele não haviam mudado os sentimentos, mas os sentidos. Escreveu-lhe. Ela não compreendeu nem reteve na memória essas frases. A memória dela era auditiva. Fugiu para Lisboa e é mulher de limpeza no hospital. Veste-se de azul. O azul é uma cor limpa como o céu.

\* \* \*

O filme do tempo, das estações. Uma nuvem em um canto da janela, os riscos tênues da chuva, a luz do sol coada pela vidraça. Eu sei que se perco o meu sentido do humor, afundo-me. O medo da morte. Rio até às lágrimas. Sensação de perda. Rio com a cabeça escondida entre os lençóis. Devo ser muito inteligente, pois, como dizia Fernando Pessoa, só os inteligentes sabem rir sozinhos. Perder. Que perdi eu, afinal? O pior é o que me está a acontecer e que consiste em perder algo de que me não lembro. Quem sabe se eu não me despedi de mim numa estação antes desta? Quem deixei eu no apeadeiro de uma estação perdida? Nem eu nem tu, Humanidade, podemos regressar ao passado. Nós já não estamos na vida para viver. Nós estamos na vida para caminhar nem sabemos bem para onde. Nesta guerra não declarada em que andamos, sim, só nós andamos, sem retaguarda nem lados, tendo pela frente apenas o imediato longe, o longe dos horizontes perdidos. Por isso, caminhamos esquecendo, esquecendo quem somos, esquecendo aqueles que amamos, aqueles que conhecemos, aqueles de quem fomos amigos. Sim, esquecer, para nós, significa deixar para trás os mortos reais e realmente mortos, aqueles mesmos que nos distinguem de sermos nós os mortos andantes, os ficticiamente esquecidos, isto é, aqueles que não cabiam na ficção dos que dominam o mundo. O altifalante gritava que não podíamos ser reféns do passado, pois o passado esmaga-nos. Não, já não podemos viajar para regressar ao passado e reencontrar o tempo abolido. Hoje, as guerras não são guerras quentes em todo o lado, são catástrofes humanas programadas a frio, entre as fronteiras inabaláveis dos poderosos e as fronteiras perdidas dos povos mais fracos. São catástrofes humanas, são reféns deambulando de país em país. Guerras de captura de gente para a tomada de uma posição na disputa das cobiçadas terras a repartir para fins geoestratégicos ou para lhes explorar os recursos, tudo provocado nos gabinetes, bem longe e sem riscos. Nada encontraremos do passado, nem lugares, nem gente. E, tendo perdido os lugares e as gentes desses lugares, fomos perdendo, com eles, o que restava do nosso passado. O passado ficou fora do alcance de qualquer viagem no tempo. O nosso passado, o meu e o teu Humanidade faz parte das trevas que rodeiam a história. Assim, há gente passeando sem a sombra do passado. E o passado do mundo somos nós, os seus fantasmas errantes.

Vou à janela e olho a lua, espelho das noites. Chegam até mim os sons da cidade. No parque de estacionamento os vidros dos automóveis refletem árvores nuas, ramificações curvas e negras, raízes aéreas. Pensar em dormir pesa-me. Sinto o peso do sono e recordo essa doce e leve sensação de despertar como se não tivesse dormido. Doce sensação assente na segurança de quem sentia que ainda pertencia ao número daqueles que faziam o progresso da História. Hoje o progresso faz-se de massacre em massacre, e eu e uma parte da Humanidade, passámos para uma subdivisão da Ciência: a Estatística. A outra parte da Humanidade faz parte da Etnologia porque dizem os doutos e os políticos, que esses povos, que conseguiram chegar ao século XX, não têm História de que fossem os protagonistas. Porque a História, diz-se, não é feita pelas vítimas. A História só é a História dos vencedores. Se queres saber quem és, pergunta-o a quem te venceu, dizem os políticos vencedores, aos povos vencidos.

A vendedora de castanhas olha-me por um rasgão aberto entre os seios. Olha-me por meio da sua vulnerabilidade. Havia nela algo que ameaçava engolir uma qualquer diferença ou uma simples incomodidade. É-nos necessária uma espécie de cegueira para vermos noutra direção. Chove no ecrã das páginas brancas. Arrumo o único material de que disponho diante desse silêncio: as palavras herdadas, as vozes caligráficas: as frases como a equação da energia.

– Não sei porque têm tanto medo de falar. Acanham-se. Mulheres, o fascismo acabou – disse a militante (estava livre de perigo).

A retornada cochichou: – Ela tem um partido... Tem aqui dos dela, conhecem-se e favorecem-se. Eu não. Estou só. E tu?

Dirigia-se à órfã: – Eu tenho princípios – respondeu-lhe esta.

– E para que os queres tu, aos teus princípios se ninguém quer saber deles para nada?

– São os princípios que me guiam na minha vida. Para não me perder e para não perder aqueles que amo. Não há solidariedade sem princípios. Uma solidariedade sem princípios é uma solidariedade por interesse. E o primeiro dever da verdadeira solidariedade está na restituição da dignidade e da justiça. Jamais a encontrei mas não desisto de crer nela porque a pratico.

– O poder sempre louvou os princípios nos pobres e servidores mas eles passam bem sem os princípios. De resto afastam-se deles porque só os estorvam.

– Deus deu-nos os princípios, a nós, os pobres do mundo, para que nos não percamos a nós mesmos quando atingidos pela ofensiva dos ricos e dos conquistadores. A nós só nos é permitida a vitória alcançada pela força da virtude.

– Essas vitórias deixaram de existir porque as não reconhecem. Reconhecem o valor mas anulam a pessoa valorosa. É o tributo que pagam à opinião pública para manterem um certo prestígio e incentivarem a virtude. E assim, como a grande maioria das pessoas não tem virtude que chegue, acomoda-se, vence dando-se por vencida – concluiu, incomodada, a militante.

– Eu cá tenho a minha arte! Às dez esperarei por ti... Esta canção é do Rui de Mascarenhas. Ah, o psiché e o bidé estampado a rosas. Dava tudo o que gozei por um supositório que me tirasse estas dores. Quero lá saber de política!

Havia nesta doente uma sistemática fuga ao conflito, uma renúncia exclusivamente apostada na sobrevivência. Para ela a estabilidade era um valor em si, uma finalidade. Mas não se almejava com essa atitude a estabilidade das regras e da lei, mas a manutenção dos poderes ali presentes e que ninguém ousava afrontar. Quem o ousasse colocava-se no exterior daquela sociedade. Senti no ar uma convulsão silenciosa, um apelo, um convite à ação. Mas qualquer ato isolado conferiria a diferença necessária para que alguém bem mais colocado que eu se apropriasse dela para vingar ou para vencer um rival através de um sacrifício, o meu. O contra-poder precisava com urgência da minha revolta e da minha contestação para vencer. E ela sabia que não ganharíamos nada com isso. Por isso ia-me acalmando os ânimos com uma conversa de boudoir: – Na minha época dava-se valor a uns belos cabelos, a uma pele fina. Época de prazeres sumptuosos. Até bebiam champanhe pelo nosso sapato.

Ao acabar de contar sacudiu-se e pegou no espelho. Começou a pentear os cabelos. Como se sentisse observada por mim, olhou-me e sorriu. Tão segura e triunfante, e ainda há bem pouco tão deprimida! Sentia-se bela, tão bela que me sorriu como se costuma sorrir para alguém em quem se pressente que inveja! Um sorriso entre superior e desdenhoso como se em vez de a magoar, a minha suposta inveja a enaltecesse.

– A minha pele foi sempre tão macia, tão fina!

A pele do seu corpo era o espírito do seu corpo, a sua dimensão táctil. A vida do corpo a epiderme da sua alma. Ela cabia integralmente no corpo, no território da pele. Os nervos repousados apagavam-lhe os traços da fadiga. Essa mulher tinha a prudência e a sabedoria de não abandonar a própria pele. Quando tinha dores falava mais, apressadamente, a galope no pensamento, como se quisesse fugir. Esta mulher que assim nos ia entretendo tinha entre nós a alcunha de

Sombra-do-que-fora e era simultaneamente chorada pelo marido e pelo amante. Fora este quem, consternado, afetuosamente a deplorara afirmando que ela era uma sombra do que fora. E chorava com lágrimas sinceras a beleza que nela se desvanecera. Podia-se mesmo notar na constância com que a assistia que ele era fiel a uma saudade.

A Sombra-do-que-fora agarrava-se à pele como outras ao ouro que possuíam. As mulheres que vinham dos asilos ou de lares para pessoas idosas, na sua maioria retornadas das ex-colônias, viviam no perpétuo temor de serem roubadas. Traziam nos braços, nos dedos e ao pescoço objetos de prata e de ouro. Vestígios de uma época afortunada e que para nada lhes serviam senão como atributos da sua alta condição de outrora. Relíquias de um sonho consumado, elas guardavam-nas ciosamente nos braços lentos e no pescoço como símbolos de um estatuto de que ainda se orgulhavam. Não tinham sido rainhas comandando inúmeros escravos? As filhas que as visitavam eram empregadas em lojas chiques e habitavam em quartos alugados. As que nunca haviam saído da metrópole, afastado o antigo ressentimento provocado pelo medo da perda de posições e algumas regalias que o retorno maciço suscitara, condescendiam: – Passaram por maus bocados mas percam-se os anéis e fiquem-nos os dedos.

Depois reconsideravam, calavam-se e ficavam a pensar nessa época dourada de que apenas lhes haviam ficado alguns anéis com que enfeitar os dedos. Viam-nas chorar quando eram roubadas. O esquecimento de um anel na casa de banho e lá iam perdendo nessas joias o que lhes restava do passado. Uma delas queixou-se: – Foi um anel que o meu marido me comprou quando viemos de licença graciosa. Vão, por certo, empenhá-lo. Já me falta paciência para esperar pela morte.

– Para mim – disse a Sombra-do-que-fora, o que conta é o dinheiro. Os milagres do dinheiro. Com dinheiro até temos com que dar de comer à fome das nossas desilusões.

Começou-se então a falar em dinheiro. Um assunto que levantava o ânimo mesmo das mais desanimadas ou deprimidas. Todos os ideais, esperanças e sentimentos tombados, caíamos no sentimento do dinheiro, nessa metáfora que podia fazer cantar a solidão de cada uma. Com o dinheiro havia a possibilidade de se pagar um cenário a nosso gosto e mesmo algumas ilusões baratas. O último dos centavos era o mais importante dos afetos, a última valsa de uma cor de outono ou o esplendor de um improvável verão.

A militante, já refeita dos sustos da doença, começou a falar por palavras de ordem e, como ninguém lhe ligasse, enrubescia. Mas dominava-se, por prudência, pelo aperto mitral. Habituada à discussão em circuito fechado, a sua linguagem estava codificada a ponto de ninguém a entender, a ela, que se sentia capaz e com autoridade para falar em nome de todos, isto é, em nome de um ser abstrato, coleção de indivíduos movidos por um mesmo impulso, agindo com coerência mas sem pensamentos.

Mas, ali, podia-se escutar o rumor dos pensamentos. Podia-se mesmo ver a inteligência dos instintos despertos. Quanto a mim, que sofria com a inteligência e pensava com as emoções, eu queria sentir com os sentimentos. Ela pensava e falava no Poder quando nós nos embaraçávamos com os poderes. Era dos pequenos poderes que nos vinham os perigos. O que me parecia verdadeiro era que ela não procurava a amizade mas a conivência, não procurava um amigo mas um apaniguado. E não achava nem um nem outro. Muitas acordavam com uma ideia e deitavam-se com outra. Tudo dependia do que fosse morrendo para cada uma delas e em cada uma delas. O pior dos fins era o sem fim de estarmos todos ali entre estranhos que conhecemos já demasiadamente. Cada um tem a sua doença. Pertence-se a uma espécie zoológica. Vivemos no zoo especial para seres humanos, mudam-nos e transferem-nos consoante o estado da nossa decomposição animal.

– Queria comer um chocolate, fumar um cigarro, beber um trago. Plumas, tudo plumas com que marchar para outro paraíso.

– Que paraíso?

A corista respondeu: – O dos cabarés. O meu cabaré chama-se Paraíso.

– Tu fazes rir um morto! disse alguém.

O céu violeta nas vidraças. E ela murmurando baixinho como se rezasse: "Comer um chocolate neste cenário branco. O sabor agradável que nos confina na nossa pele. O prazer que nasce na língua. Roda-se entre os dedos aquele bombom castanho, aspira-se o perfume doce, ouvem-se os estalidos cristalinos da prata com os seus arabescos e florinhas...".

– Tu fazes rir um morto com os teus paraísos. E os homens?

– Ah! Os homens! Os homens ...os homens são os masturbadores das mulheres.

As mulheres falavam assim bem alto. Era a sua vingança por estarem nuas no meio de tantas fardas e uniformes, sem refúgio algum para o seu pudor. A linguagem tingia-se de uma certa obscenidade, uma forma de significar a degradação do pudor, do íntimo estremecimento diante de uma imagem nossa em plena nudez, diante de um olhar que não vê a mesma imagem que nós. Olhar ou olhares que apenas enxergam um pormenor, um ponto de falência, o ponto por onde a morte nos começou lentamente a corroer e que se tornou visível para todos.

– Está a gozar com a gente. Ri-se de nós, fala para nos escandalizar.

– Eram hoje vinte e quatro se tivessem nascido. Os meus anjinhos.

– Fala dos abortos que fez, coitada. E em que condições os devia ter feito! Muitas morrem. Ela fê-los mas se lhe perguntares se concorda com a despenalização do aborto ela diz redondamente que não concorda. Percebe-se isso?

Atenta, a órfã levantou o busto da cama para dizer: – Pensar que eu podia não ter existido dá-me uma grande vertigem. Que existência me esperava se eu não tivesse tido a experiência de viver? Para mim esse é um mistério para o qual só a fé tem uma resposta.

A militante encolheu os ombros: – Mas abandonaram-te, rapariga. Ficaste ao abandono. E a Fé, pela sua própria natureza não tem respostas a dar. Por isso quero de forma voluntariosa fazer da vida outra diversa coisa daquilo que ela até hoje foi. Percebes?

– Apesar da tristeza e da solidão, vivi. Caí na vida no meio de um grande mistério. Quando penso nos meus pais é como se em um quadro escuro os meus olhos animassem personagens invisíveis. Como alguém que tomba de repente no sonho dos outros, assim nasci eu e por virtude de um poder misterioso e humano.

As vozes lentas e ternas voando, voando e voando sem nunca tocarem o chão. Eu assisti ao diálogo em silêncio. Poderemos algum dia eliminar o acaso das vidas humanas? Apesar de tudo o que sabemos, saberemos o que devemos saber sobre o universo, a vida e o homem?

Olhei a corista para lhe ver a expressão do rosto. Sorria sem respirar. Abeirei-me dela. Morrera no coração do sono.

Novembro chega sempre um pouco antes com os seus crisântemos precoces. Traz no regaço morto corolas douradas e ilumina as terras ao longo da via férrea com flores crispadas como dedos avaros.

– Está-se sempre tudo a acabar – disse a funcionária pública; a semana, o fim de semana, as compras, as férias, o dinheiro. Antes de começar já se está tudo a acabar. Não sei como é isso, mas é assim. Nos últimos tempos, lá em casa, quando um de nós chegava, eu acendia a televisão. Para não falarmos. Eu só falava da doença. Começa com um caroço, uma ossificação da carne, uma alteração nos ossos. E nunca mais para. Que culpa tenho eu que assim seja... Que culpa tenho eu de estar doente? Para que a minha doença não desagregasse a minha família tive de a ignorar. Eles, para crescerem na vida, para a ganharem, não podem ouvir falar em derrotas, em doenças... O meu marido dizia-me: "Não me fales em doenças, vai gemer lá para o fundo da casa..." Ao ouvir-vos ainda há pouco cheguei a pensar que a vida é um dom que se degrada... por incapacidade nossa em o acolher, o nosso e o dos outros. Essa é a nossa violência original, a violência de que não nos libertamos nunca ou quase nunca.

– Ninguém cá fica para semente. Também lhes chegará a vez, a eles, aos que se julgam invulneráveis. Paciência. O que é preciso é paciência. A nossa paciência é que não pode acabar.

Com estas palavras a militante entrou nas nossas orelhas, na nossa família, a família humana.

\* \* \*

No hospital cada morto é o símbolo da derrota do médico perante o seu inimigo, a morte. Os médicos são como generais que organizam uma batalha. E o campo de batalha é o doente. O doente é um lugar onde essa batalha pontualmente se decide.

Quando ali cheguei, ninguém me perguntou o que queria eu da vida. Entre os doentes, os mais críticos são os artistas pois um artista não se resigna a viver vegetativamente. Os médicos, os juristas e legistas e os religiosos interrogam-se sobre os direitos da sociedade sobre o indivíduo e sobre a submissão do homem às leis da vida. É preciso saber se o que determina a Ética é a dignidade da pessoa humana. Ninguém pode ignorar o estado da nossa sociedade. Nos nossos tempos a dignidade da pessoa depende da sua saúde e dos meios que tem para se proteger do infortúnio. É preciso crer muito, é preciso ser muito optimista para se pensar que sem suporte material alguém consiga ver-se respeitado pelos seus semelhantes. A verdade é que uma pessoa totalmente dependente é uma pessoa indefesa. Uma pessoa indefesa está à disposição de tudo o que os outros querem para si mesmos, como se o indefeso fosse um palco onde podem jogar com os seus próprios duplos. A máquina hospitalar trabalha para a sua eficácia. É uma fábrica de saúde em que o doente é o produto final quando curado. Nesse espaço concentracionário e isolado, graças aos prodígios da técnica, o homem é, por assim dizer, ultrapassado. Há artistas que preferem morrer a viver sob a proteção de um poder totalitário. Uma pessoa indefesa sabe qual é o estado do mundo. Não raras vezes o artista tem que se isolar da família uma vez que a sociedade a incumbe da reprodução de pessoas e bens como uma única finalidade, arredando-a por completa da criatividade e do seu mundo. Alguns, sentindo-se manietados pela doença ou pela incapacidade física (é o caso dos pintores e escultores) ficam impedidos de manter um diálogo com a vida, com a matéria, com o dinamismo. No hospital, ele encontra à sua volta pessoas com uma determinada formação, especializadas, mas que ali vão exercer uma função muitas vezes de uma forma rotineira. Trabalhar, para o artista, é interpelar e amar a vida através do seu trabalho. Não o podendo fazer, a sua criatividade implode e começa a fase de autodestruição, a incriatividade. O artista não consegue estacionar na criatividade pelo que a sua tendência é interpretar o mundo à sua volta. A interpretação implica a árdua tarefa da pesquisa, do discernimento e da meditação. Acontece, aos que tendo em si mesmos morrido a poesia, que o acaso ou o destino os coloque diante da possibilidade de se entregarem à grande tarefa da interpretação que os leve à prosa romanesca, à filosofia ou ao ensaio. O dom de cantar encontra nesse caso uma aplicação salutar. Os seres criativos são habitados por uma esplendorosa e fulgurante tensão. Com ela e nela vivem perigosamente.

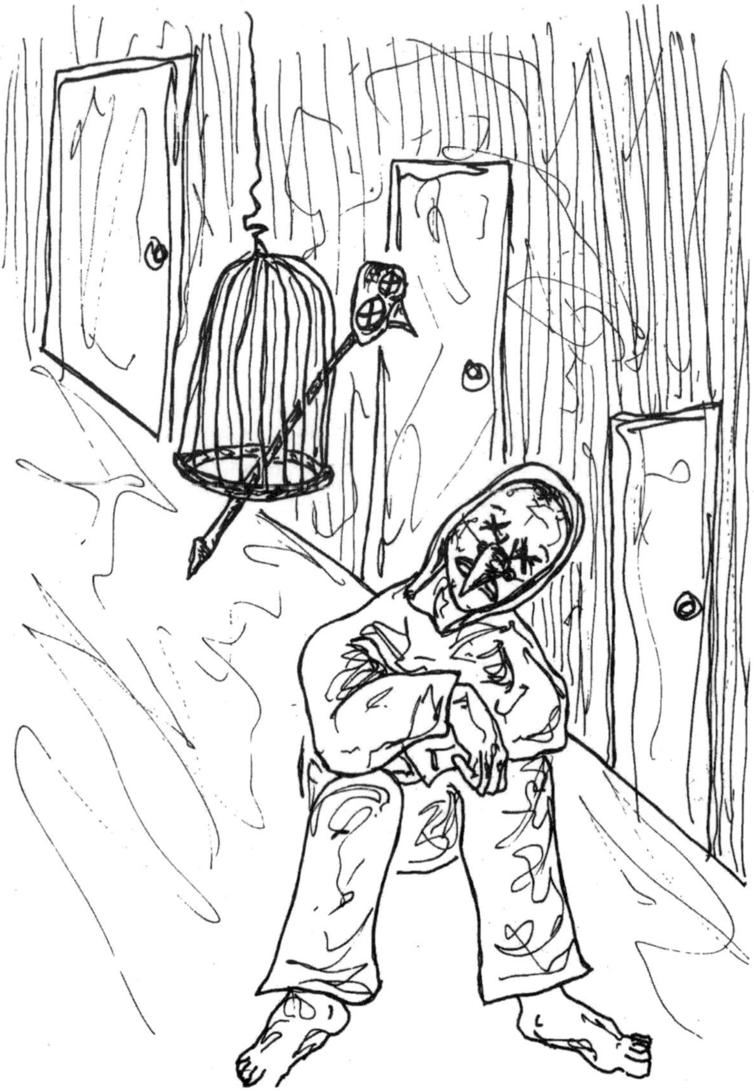

# SEM RUMOR SOBRE FOLHAS DE OIRO O DESCONHECIDO

A vendedora de castanhas saliva. Vive o que o passado deixou inacabado e vive-o tão rapidamente que parece nadar em uma grande sombra. Faz com os dedos cartuxos invisíveis e lê com avidez as páginas amarelas das listas telefónicas. Arde lentamente sob o casaco negro. Em sonhos parte em viagem à sombra de um desconhecido numa estação de metro. Ele ensina-lhe o melhor modo de fechar a mala de viagem e põe-lha ao ombro com gestos estudados e lentos. O elevador de escadas rolantes não sobe, desce. É para descer que o elevador está ali, no meio do medo. E desce pelas escadas que sobem e sobe pelas escadas que descem. Sente que o desconhecido a segue sem rumor sobre folhas de oiro. Para assustada no último degrau junto ao hall escuro e teme ser violentada por um fato cinzento. Era Outono na terra nítida.

\* \* \*

– Sabes uma coisa? perguntou-me a que vinha do hospital Júlio de Matos.

Calei-me e pensei no pior.

– Os extraterrestres são pessoas sérias.

E apontou as batas brancas que circulavam entre as camas. E prosseguiu: – Nunca se riem para não percebermos que são extraterrestres. Eles não se riem como nós, os da terra. É preciso fazê-los rir para se denunciarem. Quando se riem, o que é raríssimo, abre-se-lhes um olho de cada lado da boca.

O médico tomou o pulso a uma doente recém-chegada. O seu olhar nada deixava transparecer. Depois, subitamente, perguntou à mulher que viera de longe (ainda há em Portugal longes tão longínquos que nem no mapa figuram): – "Então já se lembra da idade que tem?".

Na hora de preencher a ficha ela não acertara com o ano do nascimento e ele lembrava-se dela porque se tinha rido da ocorrência. Era um médico ainda jovem e citadino. Convicta de que iriam prosseguir aquele princípio de diálogo, ela respondeu-lhe: – Tenho a idade do meu coração.

Mas ele já passara para a cama seguinte e nem a ouviu. Parecia tão ausente que estava decerto na hora da sua saída de serviço.

Sofria esta mulher de asma. Voz no coração amargo da noite, o som crispado da sua respiração via-se como um vento curvando a erva num filme de Dreyer. Ervas arfando em uma cela de película. Brilhavam-lhe nas orelhas deformadas as arrecadas de oiro.

– Tinha-as posto na Nossa Senhora da Ermida. Para que levasse o meu homem antes de mim. E levou-o. Mas quando me senti doente tirei-lhas para a castigar. Não porque tenha remorsos. Só lhas devolvo se ela me salvar.

Domingas, a negra angolana que sofria em um dialeto que eu desconhecia, desabafou: – A mim levaram-me tudo e só sobrou vida.

Os sons da minha infância perderam-se naquela frase em português, a língua dos meus pensamentos. Na angolana Domingas residia uma parte substancial da minha remota infância. As vogais da sua língua natal, quando sofria ou, quando meio desperta divagava, eram pórticos abertos sobre vermelhos poentes de além-mar. Eram os glóbulos de sangue das minhas buganvílias africanas, aquelas que rumorejavam na minha recordação. Luziam-lhe nos braços negros os vastos impérios do Verão com as tessituras das vozes familiares e desconhecidas, o ácido suor do tabaco e as mágicas sombras das consoantes solares. Ela viera ao acaso numa grande vaga humana e não tinha parentes. E fora, sem que o suspeitasse, a minha parenta mais próxima pela magia de um dialeto que eu ignorava mas de que conhecia algumas tonalidades. O português era a expressão do seu desabafo e da sua revolta. Nunca a do seu sentimento da existência. Quando gemia, em bailundo ou quioco, ou quimbundo, que sei eu?, voltavam para mim os encantos das noites sem dias seguintes e sem obrigações horárias para cumprir. Nela também achava eco a minha angústia, uma angústia rebelde e amarga que ambas partilhávamos. Para mim ela era a testemunha privilegiada da derrocada de um mundo cujas perenes raízes nos habitavam com os seus mortos distantes e os seus trágicos vivos. Mas ela era uma sobrevivente que se acolhia à sombra do Progresso e sentia-se uma sobrevivente da derrocada do seu mundo, um mundo que o mesmo Progresso, para se construir, se entretinha em destruir.

Domingas não precisava que eu traduzisse os seus pensamentos nas minhas palavras para que assim se ouvisse pela minha boca, nem precisava de ler na minha boca as suas próprias palavras. Depois do grande susto, ela aprendera a flutuar. Bastava-nos uma única palavra para que o real se tornasse concreto. Bastava o simples gesto de me estender a sua mão para que eu adormecesse.

Alguém chama a enfermeira várias vezes e, quando esta chega o que lhe diz não tem importância. Chama-a para lhe sentir a presença. Perante o olhar duro da enfermeira que lhe volta as costas, ensaia uma desculpa. Queixa-se da negra que deixa argolinhas de cabelo em toda a parte. Instalou-se de imediato uma cumplicidade nascida do desprezo.

– Na publicidade que se faz aos champôs só os cabelos lisos das brancas são a imagem da beleza humana. Mesmo na publicidade às bebidas, aos carros. Em tudo o que é água e mulher. Elas saem da água como deusas, com os cabelos escorridos e com gotas de orvalho nas madeixas.

Assim fiquei eu sem a angolana Domingas. Talvez ela nem sequer pressentisse que também eu era ali o estrangeiro, eu que me colocara na terra de exílio pela vontade de exprimir a minha inteligência e uma experiência que fazia parte de um legado da humanidade negra e que insistiam em recusar. Eu existia naquela enorme ravina e era fustigada pelo lado mais forte. Era açoitada pela fúria de quem queria alargar o fosso entre as raças para se isolar, como se a salvação estivesse no isolamento. A negatividade que eu aparava em relação ao seu ser exposto e indefeso, esmagava-me a ponto de eu não conseguir imaginar como se pode sobreviver no meio de tanto ódio.

É crepúsculo e a sombra dos muros cresce. Vivemos num mundo branco de sombras eléctricas. Pela porta passam carrinhos de mão com roupa branca empilhada. Sombras de corpos nas roupas amarrotadas, nos vincos dos lençóis enrugados, na sobreposição dos volumes de roupa branca. Uma lividez sem timbre.

"Nzambi, Nzambi, Senhor, Senhor, sou um órfão aqui nesta terra e a minha casa está muito longe". Ao recordar esta canção angolana eu senti que também estava longe de qualquer publicidade, também eu não me parecia ali com ninguém, também eu estava longe de casa, e pertencia ao grupo daqueles que trazem Deus no ouvido. Nzambi, Nzambi, Nzambi ié.

# ANESTESIA OU ATRÁS
# DE UM ESPELHO VAZIO

A espera e o corpo. A espera e todo o inesperado que a espera contém. Todos os possíveis. O pior que me podia acontecer era a morte. Uma morte ignorada por mim. Porque a morte é para mim um acontecimento que me diz inteiramente respeito, que me pertence. E eu não queria que me roubassem a minha morte. Ao longo dessa longa espera eu estava viva e vivia. Situava-me no atual. À medida que a maca percorria o labirinto dos corredores do hospital e descia pelo elevador, o meu olhar fixava os gestos já imprecisos de quem passava, as vozes que resvalavam, sem peso, por mim, o mármore negro do teto do bloco operatório, as máscaras brancas e os corpos acrobáticos. Eu lia a coreografia muda de um cenário que se desenrolava à volta do meu corpo cada vez mais terna e dolorosamente longe. Atrás do espelho eu via o meu corpo deitado com o púbis rapado, branco e suspenso entre barras de cromo e panos de uma brancura lisa e nítida e colocado sob os fulgores cristalinos do vidro e uma luz fantasma. Fiquei à porta desse tempo sem horas, à porta de uma certa memória, de um certo corpo, um corpo suspenso entre dois espelhos vazios colocados um diante do outro. Entre o virtual e o atual cada vez mais longe. Depois nada mais soube de mim. O meu corpo vivia por mim. Governava-o uma inteligência que a minha consciência ignora. A minha voz, era uma teia lançada de um espelho para o outro, e eu via agora por intermédio do ecrã das sensações vitais e cinemáticas, sem memória. Sons e gestos de uma vida que se ignora e vindos de campos para lá da memória. Vozes do corpo e para o corpo. Voz que traça a branda caligrafia do corpo. Avanço pelas séries de silhuetas iguais e fotográficas até ao corpo que acaba de acordar. Quando o som se uniu às minhas palavras, o ecrã por onde eu via com o pensamento, apagou-se.

Imagens. Vagas batidas por uma luz noturna. Chego, descalça, ao mar das sensações anteriores. Lentamente, o meu corpo respira por todos os poros da minha consciência. Olho então para o tempo que passara. Tempo suspenso, candelabro de luzes mortas. Vejo nos olhos dos outros, do outro, os sinais da minha irrecuperável ausência. O tempo seguira o seu curso e eu detivera-me num nó de horas intermináveis. O meu tempo nunca mais coincidiu com o dos outros. Eu era outra para outro pela memória de um olhar num tempo irreversível.

Tinham-me tirado o apêndice e a vesícula com suas ardentes pedras. Eu era terra, uma terra com uma larga cicatriz donde haviam extraído pedras mas pedras sem quaisquer fulgores. A Natureza apresentou-se perante mim mais gloriosa e engenhosa na construção de esmeraldas e diamantes nas suas entranhas do que no meu corpo sofrendo por causa de umas pedrinhas escuras de colesterol.

\* \* \*

Somos para os médicos objetos da sua atenção e do seu saber. Para eles o doente é o império da doença reconhecido num número infinito de sujeitos. Por isso dizem: "só a partir da altura em que o considero curado você está clinicamente curado". Há quem morra clinicamente curado. O saber do médico é um poder de que muitos dispõem tiranicamente. Outros, partindo de uma verdade subjetiva, ligam a doença ao doente tornando-a definitivamente psicológica. Dispõem assim de doentes eternos. Têm da doença uma visão social que elimina o doente e é utilitária e totalitária.

Ao domingo, organizações de caridade distribuíam às menos afortunadas, roupas em segunda mão. Elas vestiam-nas e arrumavam-se com dignidade. Mas os fatos, bizarramente, tornavam-nas ainda mais velhas e tristes. Os fatos gastavam-nas lentamente e quando nos voltavam as costas para saírem pareciam manequins com as cabeças trocadas. Algumas mostravam-se reticentes, outras contentes. As fiéis ao passado sentiam a perda gradual de uma memória. As outras guardavam as roupas com avidez como se a perda da memória lhes fosse benéfica.

A funcionária pública disse: – A partir dos 15 anos de serviço ao Estado começamos a pensar como havemos de morrer. E somamos os anos para a reforma completa. Quinze anos de frustração chegam para que não possamos já pensar na forma como queremos viver e o que fazer do que resta das nossas vidas. Não temos escolha possível.

Para esta mulher com a doença de Kahler a memória agredia-a, pois apenas tinha para se deleitar os breves momentos de uma infância perdida no labirinto dos dias iguais e repetitivos. Ninguém na sua memória merecia amor ou perdão. Mas tinha os filhos que eram o seu presente. Era mansa e arrumada e a doença era como que a continuação do seu ofício, agora também entre móveis degradados, paredes sujas e gente com quem vivia sem conviver.

– A única coisa diferente é que aqui são eles que preenchem os papéis. Lá, era eu que os preenchia. Resmas e resmas de papéis numerados que outros carimbavam.

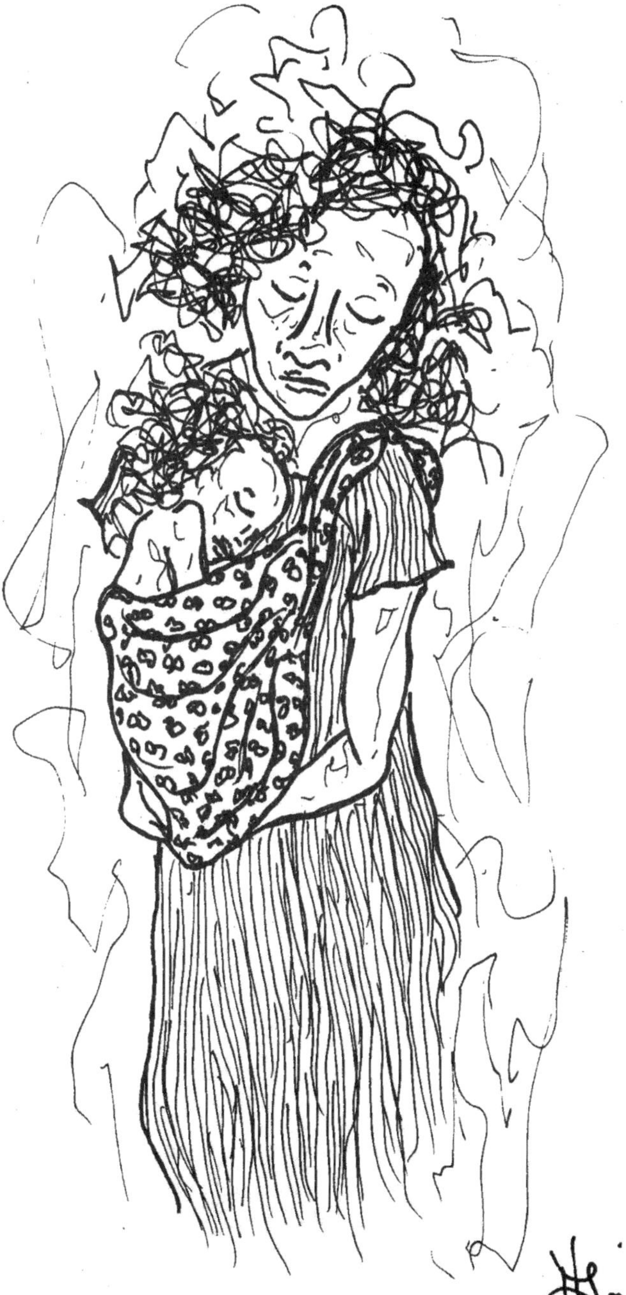

# TROPISMOS

Viver é uma queda vertical. Com velocidades. Há acelerações súbitas, oscilações, sobressaltos. Há o susto devido a algo que se não localiza. Algo que faz parte da metafísica da decepção e do pessimismo em relação à natureza humana. Um pouco como na infância quando não conhecíamos os nomes dos nossos medos. Mas este medo que sinto agora é uma unidade cósmica sem rosto como se um deus de terror em todo o lado nos abandonasse ou perseguisse. Imobilidade. Paralisia. Abulia. A vida está fora de nós como em um ecrã gigantesco. Anestesia das moléculas de endorfina. A fadiga e a espera agem como aceleradores. Angústia corrosiva. Estamos fora do campo magnético, rondamos o campo magnético, com bússolas aflitas. Outra velocidade – a que devora espaço horizontal: linhas de som, raptos, os rostos passam num ritmo cardíaco fraco. Os tropismos das paisagens sensíveis. A nossa atenção envolve-as e as paisagens desvanecem-se, recuam dentro de nós. O nosso olhar fixa-as e elas avançam regredindo até ao pormenor. Há as velocidades contrárias e desconexas da dor. A minha mente fotografa movimentos. A trepidação ocular dá ao solo a capacidade de se mover sob os meus pés. Na gelatina transparente do espaço os rostos e os objetos oscilam. Colho os rostos na movimentação cubista do nariz e dos olhos. As cores vibram como grãos cinéticos. Sem peso. Vulnerabilidade.

\* \* \*

A vendedora ambulante estendeu-me uma esferográfica dizendo: – Vá, escreve lá nos teus papéis, ó escrivaninha, que afinal tens tripas, coração e merda como todas nós. Enquanto estavas a ser operada a Delfina abriu a tua gaveta e leu tudo o que lá tinhas escrito. Ela foi com a Irmã de Caridade. Deixou-te este papel com a direção.

Só então compreendi que a minha atividade clandestina fora rigorosamente observada e que me consideravam uma pessoa exótica. Recordei os poetas, escritores, filósofos e homens de ciência que tiveram de viver exilados. Desde sempre que os que pensam livremente levam uma existência de peregrinos. Foram tantos e ainda ninguém coligiu a sabedoria alcançada por estes homens e mulheres de quem conhecemos hoje o pensamento e lemos as obras, mas de quem nada ou quase nada sabemos, nem como viveram nem como morreram e, muito menos como se sentiram na sua singularidade ameaçada. Talvez se tenham sentido como Cristo quando afirmou que o Filho do Homem, isto é, aquele que produz pensamento e que portanto aperfeiçoa a Humanidade, não tinha onde repousar a cabeça. A sociedade capitalista é uma sociedade cujo conteúdo social e comunitário é estruturalmente pobre e tende a tornar-se cada vez mais pobre. Karl Popper, num discurso proferido no Instituto das Artes de Bruxelas, em Junho de 1947, afirmou: "o nazismo e o fascismo foram completamente derrotados, mas devo reconhecer que a sua queda não significa a derrota da barbárie e da brutalidade. Pelo contrário, é inútil fechar os olhos ao fato de que aquela odiosa ideologia conseguiu uma espécie de vitória na derrota. Deve-se reconhecer que Hitler conseguiu degradar os critérios morais do Ocidente, e que no mundo de hoje há mais violência e força bruta do que aquela que seria tolerada na década que se seguiu à Primeira Guerra Mundial".

Neste mundo violento só são tidas como úteis as atividades intelectuais inventivas que visam a segurança material, o consumo e o bem-estar. No fundo rejeita-se todo o ato pacífico e livre do pensamento porque calculam que a violência é a garantia e a origem da prosperidade das famílias e das nações. Assim só é aceitável a invenção que leve à obtenção de mais poder econômico, bélico, ou tecnológico. A pouco monta a solitária tristeza dos homens a quem a ignorância impede que alcancem um grau mais elevado de existência. A arte, a poesia, o romance, a filosofia, o pensamento são forças de coesão, constituem formas de exprimir o homem e de o homem se exprimir . Um ser ignorante é um ser perdido nos meandros externos da vida e, antes de mais, nos meandros de si mesmo. Um ser ignorante é um ser despojado que não tem meios para se alcançar e desse modo alcançar as portas da vida. Mesmo na doença precisamos de saber lutar pela vida que ainda pode estar ao nosso alcance. Essa luta, que requer energia e coragem, necessita de conhecimento e sabedoria.

A ignorância pode apressar a nossa morte biológica e moral. Um homem que enriquece o seu espírito é um homem que aprende a vencer as crises, a dominar o desespero, a conquistar a serenidade e a paz que conduz à ação de modo a que nela encontre, pela justeza dos objetivos que quer alcançar, pela medida com que usa os meios, a obter a incomensurável primavera de quem é capaz de um recomeço. Um artista nunca é pobre mesmo que não possua meios. Pobre é o ignorante que não possui meios espirituais para poder enfrentar as crises morais e materiais com que se defronta a maioria das pessoas. O homem ignorante, assim como o homem que não sabe usar os conhecimentos que adquiriu, é um homem verdadeiramente pobre porque, não sabendo enfrentar as dificuldades, não sabe sair delas. Quando sabemos porque sofremos e do que sofremos não sofremos mais por isso, contudo podemos vencer mais cabalmente o sofrimento e as dificuldades.

Também os escritores têm que lutar, não só para conseguirem publicar as suas obras, como têm que se esforçar para as vender. Mas, para ser considerado escritor, tem ainda de lutar pela conquista da visibilidade só acessível, sem luta, a escritores que ocupam uma posição na sociedade sob a bandeira de um Partido ou grupo social. Adquiriu-se, por esse fato, a noção de que só é escritor o escritor que os médias tornaram visível, operando uma mutação na forma como o público se relaciona com aqueles que escrevem. O público não se relaciona com a Escrita deles, mas com a sua imagem pública ou com o seu estatuto social. Que espécie de mutação se começa a detectar na relação entre a imagem pública do autor, a sua escrita e o leitor? Outrora, um excluído era, embora oculto, uma presença. Tinha sido expulso de uma sociedade fechada que o queria manter no exterior de si mesma e, portanto, fechado no exterior dessa sociedade por desobediência às ideias dominantes ou porque pura e simplesmente não habitava no seio de uma classe, igreja, escola ou Partido. A esse ser humano, pensador livre, restava-lhe o exílio e a experiência da errância com os riscos e perigos que ela acarreta. Esse banido tinha pela frente um mundo novo ou um mundo outro. Na era da aldeia global o mundo é o mesmo em todo o lado. A sociedade fechada é mais vasta e imenso o espaço fechado do seu exterior totalmente controlado. Em todo o lado são os médias os proprietários da opinião e as instâncias supremas do vínculo social. Há indivíduos e povos que se arriscam a lutar pela visibilidade e que através da morte tentam fazer entrar o local no global forçando-o a exprimir a lei universal, de conseguir, enfim, que o real seja racional. Forçar e arriscar tudo para se não viver obscuramente e morrer como se não tivéssemos existido, leva a que se alcance, por vezes, a visibilidade ao preço da morte.

Um escritor que não é visível não é inexistente. Pelo contrário, existe mas degradado pela ideia de que não estando sob a alçada do Poder que o torna visível é um escritor rejeitado e, portanto, abandonado às forças predadoras prevalecentes na sociedade dos incluídos e na insociabilidade dos social e economicamente excluídos. O que torna a sua situação insuportável é que ele é, pela negação dos dominantes, o existente por excelência e um existente que, se está excluído, o está pela afirmação da sua singularidade, da sua indiferença às normas vigentes, do seu saber. Trava-se na sua pessoa e lugar que ocupa a luta atroz pela confirmação do Poder exatamente porque sem essa confirmação todo o poder é inexistente.

A abstração é a cor da época. Ali, eu era a Palavra arredada de um modo comum de viver. Mas, constituindo a violência uma forma egoísta de cada um se poupar a trabalhos, os trabalhos pacíficos das Palavras, a essas pedras colossais que determinam o Progresso, só são consentidas na sua existência muda, escrita. A violência e a guerra pretendem ganhar tempo e, ganhando tempo, asseguram o futuro destruindo o dos outros. Por isso se apressam porque consideram os trabalhos da paz uma perda preciosa de tempo. É como se tudo o que é vivo no homem estivesse proibido. Sim, a via da Palavra implica uma paragem para reflexão. Uma paragem que o violento galga rapidamente e, de fato, alcança os bens materiais que é o único objetivo da sua vida. E a escrita avança pelas paredes dos prédios, pelos muros todos da cidade, em todo o lado onde há espaço, nos cubículos dos hospitais onde os pacientes aguardam, tremendo de ansiedade, de desespero e de esperança, por um diagnóstico. Em toda a parte há uma linguagem muda que resiste aos diluentes e à cal.

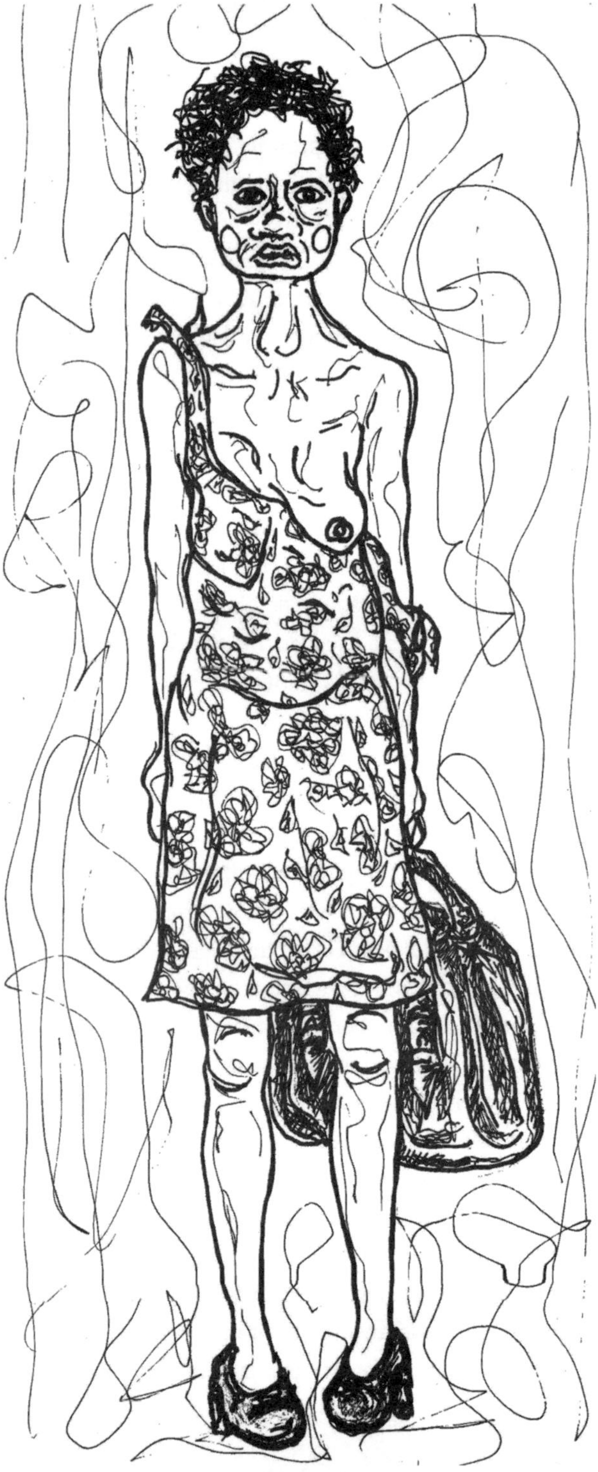

Para esta mulher eu era um reflexo da realidade. Descobrira o corpo dessa escrita clandestina, descobrira o rosto dessa voz que vem da noite citadina, da noite profunda, a voz que pinta a cidade de letras e assinaturas anônimas. As palavras dela não eram de agressividade. Ela estava a sair de um torpor, de uma estranheza. A minha voz e a minha presença interpunham-se entre aquele que escreve e ela. No ecrã sensorial daquela mulher existia um intervalo. A minha voz soava na sequência intemporal dos acontecimentos reificados pelos poderes. Como a maioria das pessoas consumia matéria escrita colhida avulso, em revistas expostas em consultórios médicos, em jornais, em almanaques apanhados ao acaso que percorriam distraidamente, e, essa escrita não era de autor ou escritor algum visível. Entre o que lera e conservara na memória e a realidade da minha presença havia uma lacuna que a impedia de transformar os acontecimentos numa experiência vivida. Assim teve ela o pressentimento de uma nova ignorância. Quanto a mim fiquei a saber que eu possuía uma coisa rara e a que não tinha dado até aí qualquer valor – uma vida pessoal e singular.

Teria eu de lutar para que me fosse concedido o direito a uma morte própria? Quando em toda a parte se nega a vida aos vivos, fará sentido preocupar-me com o modo como vou morrer? O importante não é o modo como se morre mas o modo como se vive. A minha vida pessoal dependia um pouco de mim, mas a minha morte dependia inteiramente dos outros, das circunstâncias e até dos acasos. Morrer de uma morte própria. Quando despertei da anestesia acordei para a realidade feliz e inquietante de ter deixado a minha verdadeira morte para trás. Eu devia a minha vida ao progresso da ciência médica. A minha vida deixara de pertencer às obscuras fontes donde fui surgida. O progresso pôs à nossa disposição duas formas de morte: a verdadeira e a real. A verdadeira sendo a que poria um termo à duração da vida que me estaria destinada e, a real, a que se verificará no termo do acrescentamento que me foi proporcionado pelo progresso humano na sua luta pelo prolongamento da vida.

Ela olhava-me atentamente, de esguelha, e eu não sabia como disfarçar a minha emoção, como alcançar a serenidade que me permitisse abordar o que se passava com ela em relação a mim. Mas ela disse pausadamente:

– Espera lá. Vós sois um tanto esquisitos. Tendes a sensibilidade muito à flor da pele. Há escritores e artistas que morrem de tristeza... tísicos. Coitados, sois sentidos!

Li no olhar dela uma condenação. Parecia querer dizer-me: "Tu pertences aquele grupo que insiste em querer convencer-nos que a vida podia ser diferente do que na realidade foi, é e será. Gente que caminha na vida sobre um tapete de entusiasmo, que nos maravilha quando tem sucesso e nos enoja quando fracassa".

Por toda esta mescla de sentimentos antagônicos que se geram à volta de todo aquele que tenta um qualquer protagonismo, sim, a maravilha do sucesso nada tem a ver com a obra mas com o que o escritor ou artista alcançou com a obra. Por isso há uma indústria de livros e revistas à volta do sucesso e quase nenhuma à volta das obras. Ela vivia o paradoxo de me estimar e desejar ao mesmo tempo a minha morte. Só para os simples o sentimento da justiça é como a rasoira da morte que tudo iguala, a todos arrasta e arrasa e condena as excepções mais que as diferenças. Erigia-me ela em acontecimento fúnebre para exaltar a emotividade e sair da depressão. E as lágrimas soltaram-se-lhe sobre o meu caixão. Eu podia ver no seu rosto esta visão sombria acarinhada: ela estava lá rodeada de gente lacrimosa que discursava: "ela está morta, mas não morreu, ela está morta, mas vive no nosso afeto". Agradeci-lhe por ser nessa visão mais afortunada que Mozart que só teve a acompanhá-lo à vala comum um pobre cão vagabundo. E a que me havia sobrevivido deitava ainda com o punhado de terra um pequeno ramo de violetas que trazia escondido no xaile preto.

Nos nossos dias, morrer é continuar a viver, sem incomodar ninguém, mas noutro lado. Baixou-se a morte à categoria de solipsismo e os mortos a simples desaparecidos, gente que parte para um domicílio em uma cidade miniatura com algumas avenidas ladeadas por ciprestes. Para ateus como para cristãos ainda que mortais somos eternos. Mas para quem somos nós eternos?

Peguei no papel que me estendia. Desdobrei-o e nele estava escrito: "compreendi algumas chaves mas não todas. Que o teu coração faça por ti o trabalho da tua inteligência. Como um cão fiel ao dono".

Para que eu a seguisse lera o que lhe estava vedado e transportava na memória os meus escritos convicta que teria uma grande importância para mim o que sabia agora de mim, constituindo-se como um interlocutor privilegiado. O sentimento de culpa que notara em mim (não lhe era possível distingui-lo da minha solidariedade) dava-lhe a noção de possuir um ascendente sobre mim.

Senti medo de me perder no informe. Dominava-me a angústia de sucumbir a essa violência velha que me espreitava como a uma presa. A angústia de ter de dominar a minha piedade para não sucumbir à velha violência que esperava um pretexto para se precipitar sobre mim, vencida, sim, vencida pela piedade. O que era, então a velha violência? Porque razão eu sentia essa vertiginosa piedade, a vertigem diante da goela aberta da morte? A velha violência é a que tira o seu sentimento de existir e devir da negação da existência do Outro. A velha violência age como se não houvesse no Universo nenhuma realidade existente e possível de alcançar que não passasse pela pilhagem e pelo aniquilamento dos outros enquanto Outro. Para os que professam a velha violência, as palavras estão sempre a mais, são uma perda preciosa de tempo. Nessa medida, os que professam a via da Palavra, indagam-se até que ponto o ser humano que se não exprime se desumaniza e nos provoca medo.

Estaria ela apenas a exprimir a falha de alguém que, tendo perdido o laço com a vida, sentia que era para os outros uma imensa e insuportável omissão? Abarquei então o significado do meu sentimento de que havia perdido algo de que me não lembrava. Eu, afortunadamente, perdera uma visão interior que acompanhando-me, me separava da realidade. O que eu ganhara, afinal, era a noção de que não existe amor sem inteligência, embora existam inteligências incapazes de amar.

Pressentia eu que outras me haviam lido, pois saberem-se observadas falseava-lhes os movimentos. Começavam a representar para mim com o objetivo secreto de se tornarem intimas de si mesmas através de imagens que eu lhes pudesse transmitir. Queriam tornar-se íntimas de uma imagem de si mesmas, uma imagem da sua alteridade, esta última que era consentida por elas. A maior parte das vezes não se reconheciam no que liam. E, como se não reconheciam no que liam, tornavam-se indiferentes ao texto. E lidavam já comigo com uma familiaridade aterradora. Os laços da minha solidariedade rompiam-se sem a pudica distância que torna digna a existência de outra pessoa para nós porque tentamos compreendê-la. Esta familiaridade quebrava a minha resistência pois à realidade substituía-se a atualidade que exige uma atenção vigilante e uma ação permanente. Eu queria refletir. Sobretudo, eu queria estender a minha mão e alcançar a serenidade de outro ser humano, queria que a palavra inaugurasse um novo espaço onde estar, onde descobrir, onde poder criar. Enfraquecida pela anestesia e pela perda de sangue, a minha memória não me socorria. O meu hemisfério esquerdo era um lago onde lentamente se afogavam as notas apócrifas das minhas vogais, as cordas tensas do meu violino interior. Apoderava-se de mim uma tristeza irredutível que tendia para a melancolia. Nessas noites eu abria a ocultas o arco-íris da minha infância, a caixa de música das minhas sensações antigas. Os meus dedos esculpiam nos lençóis pregas fundas, tateavam os relevos dos encaixes de renda da minha camisa de noite. Para que o meu silêncio se povoasse de sensações pacientes e amáveis. Recordei a angolana Domingas, a minha companheira: ela jamais recorreria à sua infância pois os africanos enterram a infância quando dos ritos de passagem da vida infantil para a vida adulta. Daí para diante são irremediavelmente adultos e membros de uma comunidade de vivos e de mortos.

Todos os que me visitavam sentiam-me longe e cada vez mais estranha. De fato, eu já era alguém que se não pertencia. Eu sucumbira à piedade e fora sacrificada. E, nesse momento de dor profunda, o mundo dali, o mundo que até então eu ignorara, pregava-me agora a partida de, tendo-me encontrado, me deixar a sensação de me ter desencontrado da outra Humanidade, daquela para a qual eu dirigia a minha sensibilidade e o meu pensamento. Estaria eu morta sem que o soubesse? Ser-nos-ia possível estar no sonho de outro ou de outros sem nos perdermos de nós mesmos, sem perdermos a vida? Como fugir de uma vida perdida, só Deus sabe a quê, sem direito sequer a um túmulo? O túmulo, desde o sacrifício de Antígona que sabemos que é condição da nossa humanidade o direito a um lençol de terra. Havia pois que ir para longe, para muito mais longe para encontrar o meu túmulo. Ou então ir mais longe ainda e buscar a minha imagem para poder continuar a existir e a escrever. E tudo acontecera porque eu sucumbira ao apelo do amor num século em que o amor se tornou impossível. Era urgente inventar para mim um novo nome, um nome secreto, um nome só por mim conhecido para que Deus me chamasse quando me perdesse nos vales sombrios da noite, na plena lua dos desertos espirituais.

Não tinha por onde começar a queixar-me. A quem acusar se ninguém sabe o que anda a fazer? Tratava-se de uma brutalidade como qualquer outra. Haviam-se permitido fazer algo de que talvez se envergonhassem um pouco, mas de que ignoravam as consequências. Sabiam, contudo, que não havia a recear quaisquer represálias da parte das autoridades hospitalares ou outras. Os danos ou agravos provocados na pessoa vítima de abuso não seriam nunca contabilizados . Ninguém contabiliza danos ou agravos morais. Não se cultiva o hábito de se medir a consequência dos nossos atos nem se cultiva o discernimento. A falta de critérios éticos e de discernimento tornam os nossos desabafos traumáticos. É como se a sociedade descobrisse que o que deveria ser a base da sua coesão assentava num abismo. Assim eu não tinha como aliviar o meu coração oprimido.

Mas haveria outra razão para me preocupar com tudo isso? A mulher Sombra-do-que fora que até aí se mantivera calada e alheia a tudo como se estivesse às portas da morte, abeirou-se de mim e segredou-me ao ouvido: - Você não há maneira de perceber que vivemos numa época em que é perigoso ser vítima de alguém. Hoje não podemos permitir que nos façam mal. É perigoso, muito perigoso. E é mais perigoso ainda apresentar queixa. A primeira tentação de quem sabe da agressão é aproveitar a cumplicidade do agressor para nos dar também um golpe. A vítima fica sujeita a uma série infinita de golpes. Cada golpe serve de pretexto a outros golpes. Só quando alguém distraído ousa agir para pôr cobro a esta violência é que a vítima tem a oportunidade de se salvar, mas deixando a quem a salva a cena e a posição de vítima. Esta salvação só se torna possível através de um mediador que ocupa o lugar da vítima ou de uma outra vítima, uma vítima a que a vítima deita mão para se salvar. Vê se consegues parar de sonhar.

Eu sorri porque nessa altura o meu sonho era apenas alcançar a disposição rara, a disponibilidade que me permitisse satisfazer a minha necessidade de escrever.

A animosidade devia-se ao fato de me considerarem culpada por lhes parecer que eu me furtava à servidão voluntária pela causa da sobrevivência do universo humano. Viviam mergulhadas num áspero rancor por todos os que conquistam à rejeição e à exclusão a liberdade de pensar e de ter uma vida própria. Exigem santidade ao escritor e ao artista mas só os consideram santos desde que inteiramente submissos a interesses alheios. Depois, quando finalmente esgotados, miseráveis e doentes, carregando sozinhos com o fardo dos ressentimentos familiares ocasionados pelo desleixo (como se o geral desleixo só neles fosse imperdoável), o que se lhes pede é que saiam de cena sem estardalhaço e, sobretudo, que morram corretamente.

Michel Serres numa sua obra afirma que o mundo está morto pela repetição e que há duas humanidades na Humanidade. A Humanidade insone empenhada em transformar a vida e a adormecida que vive encantada com o que obtém das relações entre os homens no mundo tal qual é.

Eu tinha experiência de que uma pessoa disposta a impedir um crime não acaba morta, acaba vítima da violência dos que querem que vivamos na dependência de quem nos faz mal. As mulheres, as crianças, os jovens, os doentes e os fracos ou os que se tornaram economicamente vulneráveis, sofrem esta espécie de violência. O violento não perdoa a insubmissão aos seus atos destrutivos. O violento não suporta que exista espaço entre ele e a sua vítima.

Para obstar a que esse espaço se constitua, o violento invade a intimidade da sua vítima e incita outros, pelo mimetismo ou pelas vantagens materiais, ao crime coletivo. O predador sente-se dotado de um grande poder de atração e confia no seu poder de interferência na vida das suas vítimas. E, quando pressente, como a vendedora de castanhas, que uma vítima lhe escapou, então com lágrimas de pesar sublima o instinto assassino, chorando, sim, chorando de mágoa, de verdadeira mágoa. Esta inimiga da morte, quando a morte natural lhe subtrai as vítimas, compõe uma cena imaginária nascida do desejo oculto de se apoderar da vítima, e, dada a sua incapacidade, toma a morte como aliada entregando-lhe aquela que seria a sua vítima, dramaticamente, no teatro do seu imaginário.

Quando temos o pressentimento dessas verdades compreendemos que pode ser uma grande oportunidade sofrer de solidão, de indiferença e de silêncio. A morte, como disse Paul Celan, pode ser uma flor sobre a paz de um túmulo.

E parti para convalescer num quarto. Podia, dentro em pouco, ler. Arrumavam-me a mala e eu despedi-me. Ao olhar as minhas companheiras pela última vez, elas tinham o rosto voltado para pensamentos sombrios. Levantei a custo o braço em sinal de adeus. "Era um espectáculo tão estranho como se vissem um braço nascer entre a erva que cobre um túmulo" – Moby Dick. E assim abandonei eu, por quanto tempo?, aquele navio.

Ao ser vomitada pela porta principal do hospital ficando de rosto para a cidade, imagino-me também salva da digestão hospitalar como Jonas que se salvou do ventre da baleia. Os primeiros passos entre a porta principal e o portão deixavam para trás um jardim de gritos de pássaros invisíveis. Não sei, quantas delas, docemente, morreram.

# A CÂMARA LENTA

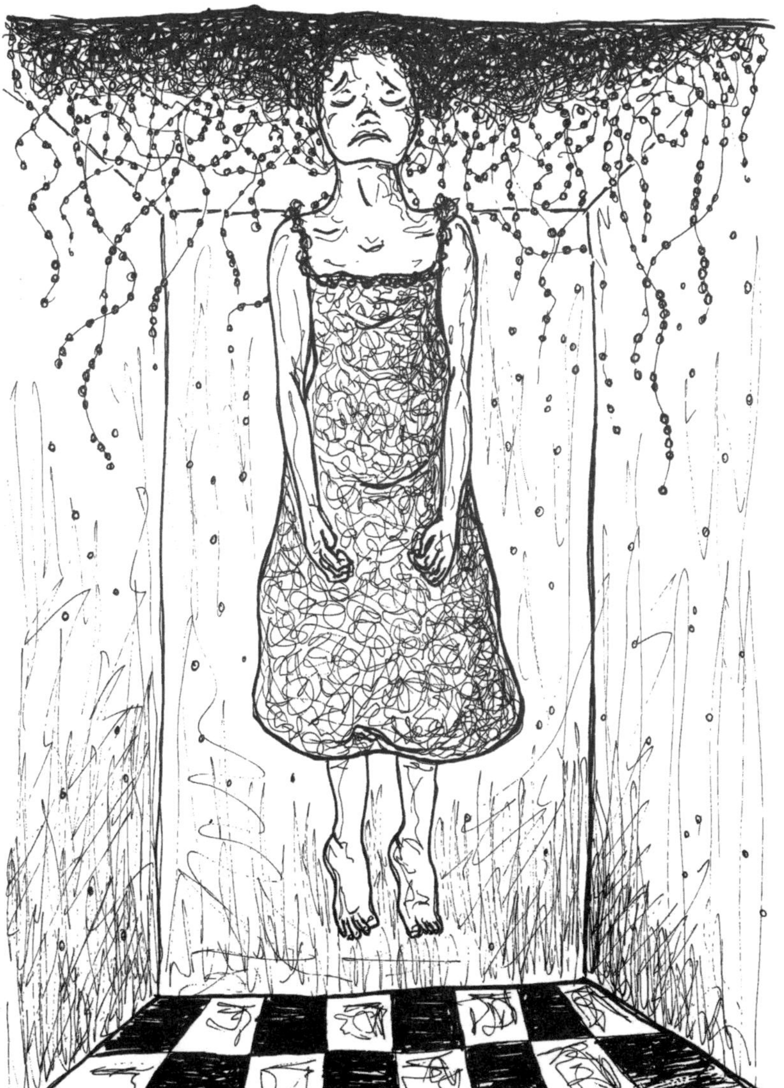

# AUTORRETRATO

A minha imagem no espelho olha-me do fundo de um olhar mudo. Olha-me com o olhar ou com a memória de outro olhar-me? É o meu autorretrato junto de uma maçã verde e de um vestido vermelho pendurado num cabide.

# QUANDO VIRÁS

Fala-me para que me escute.

# MILOMAKI

Do livro de Theodor Koch-Grunberg, sobre os Índios Yahuna.

Da grande casa da água, no país do sol, chegou, há muitos anos, um rapazinho que cantava tão bem que os homens se juntavam à sua volta para o ouvirem. Chamava-se ele Milomaki. Mas quando os homens que o haviam escutado regressavam a suas casas, mal acabavam de comer peixe, morriam. Com os anos, Milomaki tornou-se num homem grande mas perenemente jovem que tinha causado a morte a muita gente, constituindo, portanto, um perigo. Os parentes das vítimas, tendo-se juntado, agarraram-no e queimaram-no numa fogueira. No meio das chamas que o consumiam, Milomaki cantou de uma forma maravilhosa até que finalmente morreu. Das suas cinzas brotou a palmeira Paschiuba, cuja madeira serve para se talhar grandes flautas que reproduzem o canto de Milomaki. Quando os frutos da palmeira estão maduros, toca-se nessas flautas e dança-se em honra de Milomaki, pois foi ele quem deu essas coisas maravilhosas, de presente, à sua comunidade.

# BOB HOPE E O ESPELHO AMERICANO

Vem ver-me (penso eu) e cuidar de mim (pretende ela), a enfermeira de serviço que acha que todos os corpos são belos. Pergunto-lhe, escondendo a minha ironia, isto é, a cicatriz em forma de tatuagem branca debruada a linha negra: – Acha-os mesmo belos?

Ela confirma com a cabeça e, sorrindo, aproxima-se do espelho. De costas para mim vejo-lhe a imagem ao espelho, a boca larga e vermelha, os dentes sãos e agudos. Tapo-me até ao pescoço e como lhe dispenso os serviços que me vem prestar, ela fala, gesticula dentro do espelho e a voz vibra pelo quarto fora. Lembra-me os filmes musicais em que Bob Hope começa a cantar a meio de uma cena, insolitamente, quando marcha por uma rua ou quando finge que é mordomo. Ela era um ser cheio de vitalidade que se alimentava dos infortúnios dos homens como aqueles realizadores que em época de crise social se alimentam da tristeza e estupidez dos outros.

Ora isso nada tinha de inquietante para os outros doentes. Quanto a mim, o que posso dizer, é que eu a estava a ver vinte anos depois deles.

# À SOMBRA DOS MITOS CEGOS

Ele toca o meu rosto com paixão. Uma paixão nascida do remorso. Aceito esta flor que vai morrer na aurora da minha cura. Caminho para a fadiga dos dias futuros. Ele consagra-me horas que me não dá. Terei de me habituar a viver com o simulacro das coisas vivas?

Só as crianças tocam impunemente estas flores envenenadas. À sombra dos mitos cegos desperta em mim uma criança.

# UMA VISITA COM CRIANÇA

Ele veio devagar com a criança pela mão. Parou junto da porta e olha-me de uma forma tocante sem ser terna. Toca-me com o olhar, à distância, deixando entre mim e ele um espaço, uma fronteira. Quando estou só, tenho por vezes a noção da minha insignificância. Com ele sinto-me quase um cadáver. Um cadáver que fuma. A criança vem até mim e fala-me. Faz perguntas e olha para o pai, indecisa, sem conseguir discernir a causa da hesitação dele. A presença tranquila da criança dá-me uma sensação de conforto e de segurança. Depois, como o pai se não movesse, a criança mediu-se com a hesitação dele, com a reserva dele, e recua. Indispõe-me a pena que sinto nele. Nem estou só nem estou com ele. Para conservar a minha dignidade continuo a fumar e olho para um ponto fixo no espaço. Ganho a minha autonomia, a autonomia de uma imagem imóvel. A imagem que ele tem de mim quando pensa em mim, doente, no hospital.

# A ENFERMEIRA X

A enfermeira X era uma mulher vulgar. Quando falava da profissão dizia: eu amo a minha profissão.

Quando nos falava, falava aos corpos. Havia nela, nas suas palavras, um encorajamento que situava a pessoa no seu corpo, reduzindo-a ao corpo. O vigor e a energia que se desprendiam dos seus gestos e das suas palavras, magoavam. Ela relacionava habilmente o corpo doente e as suas incapacidades com o dela. Tal como o sádico, ela inventava, pelo ódio, os corpos das vítimas. Era através dos corpos dos doentes que ela alcançava a inestimável vitalidade do seu próprio corpo. A transcendência dos corpos era-lhe revelada por meio da dor. Pensava os corpos sem os ver. Quando ela dizia: para mim todos os corpos são iguais, eu sentia uma estranha e confusa sensação de irrealidade. Talvez a visão dela contemplasse os corpos como se fossem fragmentos de matéria desabitada. Os homens, de uma maneira geral, apreciavam-na. Sobretudo os ricos. O jogo deles dirigia-se à sua energia, à sua vontade. Submetiam-na pelo dinheiro, pelos presentes. O prazer deles provinha da humilhação dela, da submissão dela. Era como que a construção de um ponto de fuga dentro da dependência deles. Uma dependência impotente. Resgatavam o corpo pela noção que adquiriam de terem sido escolhidos por ela, eleitos por ela, não como doentes, mas por serem pessoas com poder. Para os remediados ou para os pobres uma doença pode ser o passaporte para a miséria. Sabem que sem os presentes, esse tempo de dependência impotente pode custar-lhes a vida ou os haveres.

Chegada à hora da saída, ela partia no carro do primeiro desconhecido. A sua vida sexual era uma melodia em pedaços, descontínua e sem passado. Ela vivia com paixão a profissão.

# CRIANÇAS

As crianças que não se conhecem, espiam-se de janela para janela, exibem objetos pessoais ou, através de gestos, falam uma linguagem comum a todos os que se deslocam em territórios neutros ou em terras hospitaleiras, isto é, em terras onde os seus habitantes se sentam calmamente diante de um estrangeiro como se dissessem: senta-te, homem que me transportas em ti como teu estrangeiro, tal como eu te acolho em mim como sendo a parte fraternal do que em ti me é estranho.

# A CADEIRA AO LADO DA CAMA

Alguém parte e alguém chega. A cadeira é um sítio numa sala, a mesma. Nós estamos na cama, o nosso retrato tirado pelo natural, moldados pelo mármore dos lençóis, as mãos e o rosto consumindo a tarde. Numa morte tão cara era bem pouco estimada a vida. Substituindo-se uns aos outros não estava a cadeira privada de o ser. Cadeira onde nunca me sentei, tão real foi, colocada de esquina para a porta, não estando nunca vazia e também nunca ocupada. Eles iam e vinham uns atrás dos outros e, não estando eu abandonada, estava só. Sucediam-se uns aos outros e, sendo cômico, é espantoso, pois que sendo todos diferentes uns dos outros, a única diferença reside no fato de serem todos iguais. É que eles vinham exatamente não para me acompanharem e me falarem, mas para afirmarem à instituição, que eu não estava abandonada. Vinham vigiar a instituição. Os doentes apreciam sobremaneira a presença daqueles que os visitam com capacidade e poder reivindicativo. São essas as visitas de luxo, aquelas que a instituição também vigia, amavelmente, rodeando-as de gente afável e prestimosa. Que fique claro: em parte alguma se cumprem deveres para com a própria consciência no que toca à relação com os outros. Neste difícil esquema geométrico, as visitas são como que a retaguarda do doente. Em toda a parte se executam tarefas, mas apenas as tarefas correspondentes aos empregos. E que são executadas consoante o que, para além da remuneração, se ganha.

# VISITA EM MOVIMENTO DE BALOIÇO

Ela chegou na ponta dos pés com uma máscara de expectativa que tinha posto antes de entrar. Beijou-me a testa. Um beijo grave e frio. Sentou-se na cadeira. Eu permaneci deitada, sem mudar sequer a posição das almofadas. Ficamos assim, em silêncio, à espera, cada uma por si e eu calada. Perguntou como me sentia, se precisava de ajuda. Ela gostava de ajudar. Era por aí que começava a desenvolver o seu domínio. Ajudava naquilo que poderia mais tarde vir a ser um estímulo para a minha preguiça. Eram pequenos serviços que ela pagava a terceiros. Sim, era esta a sua forma de gozar a riqueza, a sua forma de vir a adquirir futuros serviços gratuitos investindo pequenas quantias no passado. E ali ela estava a viver o passado, uma pequena tarefa destinada ao seu bem-estar futuro. Eu não queria aceitar a ajuda dela. Era a minha maneira de lhe exprimir indiferença. Peguei numa revista e comecei a folhear as páginas distraidamente. Falei-lhe então de assuntos diversos. Quando me calava ela voltava a insistir na doença. Queria que eu desabafasse com ela. Ela estava preparada para isso, para a descarga emocional. Ela era daquelas que afirmam que tudo o que se passa entre as pessoas devia ser transparente. E eu imaginava o que seria das pessoas se mostrassem a sua vulnerabilidade no mundo cheio de perigos em que vivemos.

Como eu lhe cortei todas as tentativas de intromissão na minha intimidade, ela, que se preparara tanto para esse momento, começou a queixar-se da sua vida sentimental, dos seus problemas de mulher e de avó, da nora horrível que lhe coubera na rifa. Quando chegou a hora da visita terminar estava corada e de tal maneira grata!

# ALICE NO PAÍS DAS MARAVILHAS

Há as emoções violentas e, devido a elas, o pensamento fratura-se, colide e dissolve-se nelas. Recorremos então ao telescópio, isto é, ao olho e ao método. Voltamos o telescópio para o interior de nós. Inventamos a carne e as feridas dos dias passados. Não sabendo nunca a que tempo se referem as nossas emoções, há sempre em nós um coelho que tira do bolso do colete um relógio imprevisto. Temos sempre um buraco onde meter a cabeça, um labirinto a iluminar. Temos o método, o texto. E progredimos no espaço, não no tempo. No espaço para cá dos sonhos.

Com o telescópio capturamos as imagens e há a decomposição das constelações dolorosas. Uma infinidade de movimentos virtuais torna-se visível. No campo magnético, as cores. Há o apagamento do azul, depois do verde, e ainda, o do vermelho. Paramos as imagens. Os estados mudam a partir dessa instabilidade porque o olhar percorre a mudança. O que vemos são zonas transformadas pela fixidez, pela paragem do olhar num lugar incerto. Deixamo-nos algures sem que o tenhamos percebido. Lemo-nos, então, através de fragmentos perdidos. Instantes que existiram em estado de eclipse. Muda o olhar, muda a memória do olhar. Novas montagens nas estações da memória. Montagens nascidas da captura de movimentos.

Para me ver construí o texto. Na obscuridade das palavras, as imagens fragmentadas declinavam uma possível sintaxe do meu "eu".

# PAZ BRANCA

A paz branca dos lençóis. Afundo-me no leito, na quente penumbra que pouco a pouco se funde em mim. Nessa concha etérea repouso a imaginação e a fadiga. Paz branca, a amizade do leito para com o corpo doente. Aprende-se a graduação lenta da brancura, as suas sombras delicadas, o odor morno, a quietude de um calor frio. A transparência do ar no quarto branco. Não tendo limites, as paredes são sonoras, vibram, como desertos cinemáticos em que os olhos se mostram incapazes de reconhecer a cartografia das dunas em perpétuo movimento. O meu corpo respira esse abandono, esse ondular de vaga, a oscilação da luz. Nos lençóis, o meu joelho erguido cria ninhos de água espelhada, miragens. Vem o crepúsculo. Num movimento breve infravermelho a luz projeta na parede tênues imagens de folhagem.

O ritmo do meu coração chega aos confins do Universo.

## QUANDO VIRÁS?

Escritas, as palavras não têm som embora tenham peso, um peso imponderável como o mundo. À força de ler o mundo torna-se o mundo ilegível.

# SOLIDÃO

Como é possível que a noite comece no coração pleno do dia? Temos medo que a televisão feche. Olhamos sem ver, os sons bailam no espaço virtual. Nenhum som capta a nossa atenção. Leves imagens instantâneas passam. Quem saberá narrar a efeméride do efêmero? Esta é uma forma estranha de viver a fadiga...

# OS AMIGOS TRAZEM FLORES

Quando chegam, vou ao encontro deles. Mas eles vêm, não ao meu encontro, mas ao encontro uns dos outros. Sentam-se em redor da minha cama enquanto eu, deitada, os assisto. Acontece que quando elevo a voz eles falam mais alto do que eu e cortam-me a palavra como se dissessem que me estou a comportar anormalmente, como doente. Oiço, então, o que se contam uns aos outros como se eu estivesse a ler uma revista de acontecimentos mundanos. Quando fecho os olhos, as vozes baixam de tom, sussurram. Eles falam animadamente e eu sou uma autoridade consentida mas que se não deve manifestar. Por meu lado aceito. Disponho, assim, de um pequeno anfiteatro de vozes que narram, como nas tragédias gregas, intrigas interfamiliares e de conquista cuja ação decorre no espaço público. Quando partem deixam-me as flores. A inútil doçura das flores.

# FLORES NO QUARTO

　　Depois que os amigos partiram o quarto não é o mesmo. O eco das vozes dos que acabam de sair esculpe o silêncio como o talhe das rosas o espaço do quarto. As flores criam limites novos no espaço. Os botões das rosas desafiam a lei da gravidade. Dotadas de um impulso flexível são a evidente conclusão do movimento ascendente que livremente dispara para o céu. Progressivamente, numa metamorfose lenta, a flor desdobra-se. A sua presença mágica, imagem depurada da beleza e da quietude, torna a claridade sensível, transforma a arquitetura do espaço. As corolas dão temperatura às paredes. Projetam sombras e temperaturas, delicadas e diáfanas as corolas estendem-se desde o centro da própria sombra. E cada sombra se desdobra em sombras a ponto de perderem a realidade nas próprias sombras. Degrau a degrau desce a flor as escadas do tempo e, de mim, que a contemplo, pétala a pétala se despede.

　　À medida que escrevo perco a memória. Torno-me memória para os outros. Uma memória.

# LENTIDÃO

Habituei-me aos gestos lentos. Pensar na cura fatiga-me. A força de vontade que demasiado se exercera nessa enfermidade, tornava-se agora débil e, como um potro, o espírito soltara-se-me pelos campos da esperança. Campos rosados com bosques azuis.

# TODO O POEMA GERA A NOSSA AUSÊNCIA

    Pelo ritual da escrita o poema cria o espaço dos meus dias futuros. É o desejo do poema que me faz desejar a vida. E o poema perde-se pelos infinitos percursos dos dias. Os gestos criam os dias para o poema. E os dias são esculturas de memórias mudas talhadas pela mecanização dos gestos. Vivo dias que são poemas inúteis e escrevo poemas em dias defuntos.

Poemas,
Clichés no surdo rumor do mar
Sombras no noturno e branco inverno do mar
Palavras sentadas num movimento real

# O VOO DOS OBJETOS OU A MEMÓRIA DOS LUGARES

Quando, depois de uma ausência no Hospital, entrei em casa, fiquei possuída por uma vertigem. Lembrava-me de certos objetos, dos certos lugares desses objetos. Não os vendo, ou não os tendo achado, eles pareciam perdidos na minha memória desses lugares. Como se os objetos tivessem vida para além daquela que eu lhes conferia na minha existência. Tê-la-iam para toda a gente ou apenas para os colecionadores, esse conservadores que lhes perpetuam a existência e a alma? A ideia que me ocorreu foi a de roubo. Um roubo feito à minha memória, pois sempre gostei de viajar na minha memória através dos objetos. Não é por acaso que das viagens ou de simples passeios trazemos ementas, bilhetes de autocarro ou de metro, folhas secas, queixadas de burro, estatuetas, instrumentos de música, pedras ou conchas. E sabemos exatamente onde os comprámos ou apanhámos, quem estava conosco e mesmo quem nos seguia ao longo das ruas sinuosas em Fez, Marraquexe ou Istambul, que rosto espreitava sobre o nosso ombro, que olhar seguia os nossos passos, que cor tinha o poente nesse dia ou em que mar se estendia a nossa nostalgia.

Deixando de ser instrumentos de trabalho haviam adquirido o halo mágico dos brinquedos, sempre em férias. Vindos dos longínquos países do seu repouso acabavam de poisar nos móveis, nas gavetas, nas caixas de bombons. Mês após mês assisti à sua chegada. No teatro da minha convalescença apareciam envoltos em pérolas de silêncio, em bolhas de espuma ou, mais reticentes, dentro de ovos anódinos. Abandonaram-se-me. Perderam a magia que os encerrava e ganhei de novo o meu domicílio na Terra. Reencontrei-os na minha memória do passado. Pertenciam, como a doença, a duas dimensões de uma mesma história.

Ao acabar de escrever este curto texto sou também a outra dimensão de uma mesma narrativa.

# UMA FENDA NO ECRÃ

Os objetos têm sobre mim um poder: estruturam o meu imaginário. Visíveis, representam uma ação possível e passível de uma ação recíproca. O objeto e a sua imagem estão unidos. Mas quando apenas possuo dele a imagem, há, entre o objeto e a sua imagem, uma fenda, um intervalo, o que significa que eles ocupam regiões diferentes no espaço-tempo; a imagem busca o seu objeto como a música o instrumento. Como a poesia busca o seu poeta, incansavelmente, mesmo que jamais o alcance. Como o amor busca o amado, como Orfeu buscou Eurídice.

Penso no terror brando dos que se amam quando, depois de uma ruptura, se reúnem. A imagem busca incessantemente o seu objeto. O sofrimento é a percepção inexorável da irreversibilidade; na memória permanece a imagem, separada, no real, do seu próprio objeto. Numa margem do ecrã está o "eu" e na outra margem a imagem do outro no "eu". Os obstinados agridem pressionados pela necessidade de contração do tempo. Existem em estado de velocidade. Para se fundirem, movem-se não ao encontro mas de encontro. O "eu" sem o outro do "eu". Sem o Outro, realmente.

Os construtivistas alargam a fenda e o ecrã desaparece. Pelo voluntarismo constroem no vazio. Sobre o silêncio ou sobre as leis equívocas da separabilidade.

# TARDES

Tardes de abandono, tardes das horas obscuras da alma iluminando-se. No museu da memória, as imagens envoltas nos brocados dos sentimentos crepusculares, povoadas de silêncios brancos. Um beijo, o leve roçar de um gesto de asa e a tarde derrama-se no rumor vermelho das campânulas estelares. É o sol poente e a visão de uma eternidade suspensa: uma calma intensa, acobreada, como um lódão amarelo, a tarde espalhava a pouco e pouco as suas folhas de silêncio sobre o céu sem fim.

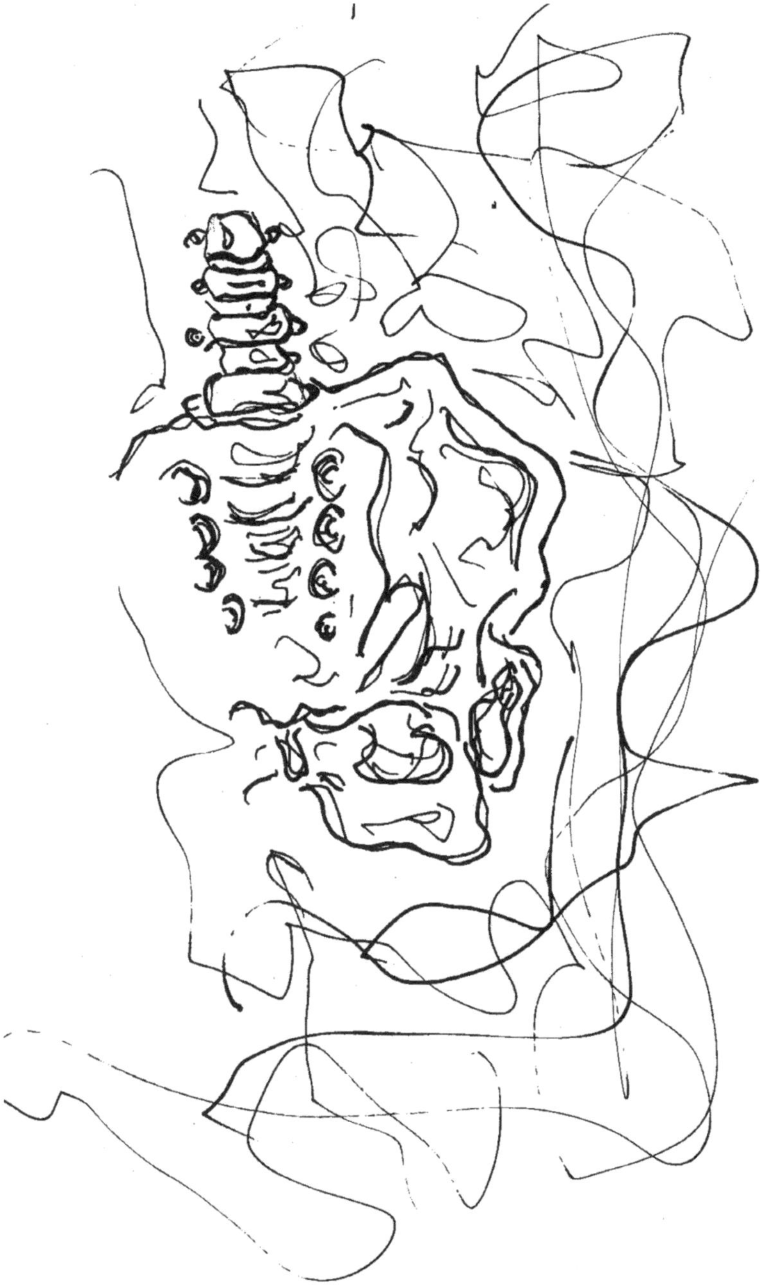

# QUANDO VIRÁS?

Espero pelo teu olhar para que o meu corpo se torne "eu".

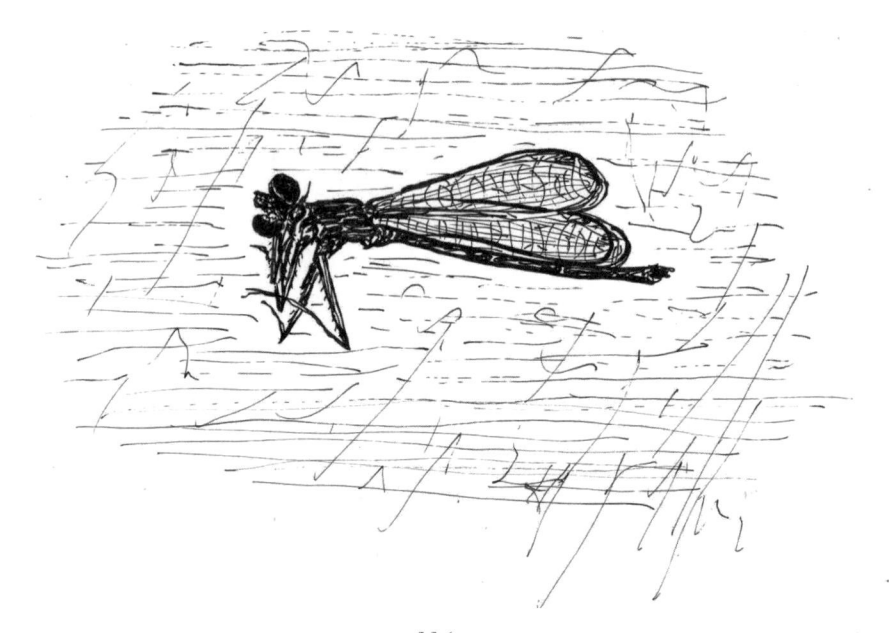

# AMIGO AFRICANO

*A Jean Derou, marfinense*

A vossa civilização ergueu cidades magníficas mas roubou-vos a noite. À noite, quando há luar, podemos medir a distância entre os objetos, as árvores, as casas. Podemos ainda medir o intervalo que nos separa da infância, e igualmente o que nos separa desse outro "eu mesmo" que hoje somos e que é o único que conta. Está tudo dentro de um círculo cujo centro é a cabeça do sonhador.

# COLEGAS EM VISITA

Vêm saber notícias do estado da nossa saúde. Discretamente informam-se, como os médicos do Ministério ou os da Junta Médica, sobre o nosso estado de espírito como doentes. A investigação não se dirige à doença mas ao doente. Aproximam-se assim dos polícias e dos juízes. Buscam um infrator. A suspeita dilui-se neles em uma espécie de contentamento discreto, comedido. Aliviados, constatam que vivemos num estado de constrangimento semelhante ao deles, no Emprego, e que o ócio a que somos forçados não nos permite qualquer prazer ou fuga e, como máquinas em reparação, mesmo ali éramos semelhantes, pois não retirávamos desse estado não submetido à divisão do trabalho, qualquer prazer ou trégua de esforço.

Para se defender e defender a sua alegria de estar vivo, o doente mima tristeza e desânimo. Guarda para si a coragem e o entusiasmo pelo que aprendeu. Esconde a secreta alegria por um ócio, por vezes o único de que beneficiou porque lhe pertence inteiramente. Os outros ficam sossegados e ele em paz.

Refleti sobre a doença de Proust. Uma forma subtil de deserção que ele já havia registado na sua obra, Jean Santeuil: "Invejamos a serpente boa, que demora uma semana a digerir, porque assim pode dormir vários dias seguidos. Invejamos o lagarto que permanece dias inteiros em cima de uma pedra quente deixando-se penetrar pelo sol. Invejamos a baleia, que faz formosas viagens pelo Oceano Pacífico; as focas que brincam no mar ao sol; as gaivotas que dançam nas tempestades e se deixam levar pelo vento. Pois o sono, a comida, o mar, o vento, amamo-los com a nossa imaginação por tudo o que representam de força e de doçura para nós. Mas apenas na vida dos animais podemos vê-las completamente puras, preenchendo-lhes completamente a vida. Mas gozamos de todas estas coisas muito mais que os animais, nessas horas em que, digerindo ao sol, olhamos o céu e o mar, adormecemos ao ar livre enquanto gritam as gaivotas e nos revolvemos na areia para voltarmos a adormecer, horas, pois, em que a nossa mente vazia e o nosso corpo feliz parecem libertos de todo o cuidado, pois gozamos ao mesmo tempo com a imaginação, e, se somos daqueles para quem o sono é raro, ainda gozamos mais de uma digestão que nos absorve por completo, e, coisa igualmente rara, gozando ainda da vista do céu e do grito das gaivotas. Só para o pensador e para o doente tem a vida animal todos os seus êxtases".

# BILHETE POSTAL

Depois de ter sonhado a cores percebi que sonhara, até então, a preto e branco. Quando no sonho me perseguiam, eu não fugia, como Charlot, de um polícia gordo. Era diferente. Havia uma aragem sem peso que me empurrava em um desordenamento fotográfico feito de imagens incolores, movimentos imperceptíveis de luz e sombra. Num nicho no labirinto dos altos telhados eu seguia, com o olhar cióptico das estátuas góticas, o perseguidor correndo pelas ruas varridas pela luz de um projetor.

Com a televisão a cores, apareceu no sonho uma paisagem estruturada por um olhar conjugado no presente estático. Horizontes de bilhete-postal em que o movimento é a banda sonora da paisagem dos nossos impulsos e desejos. Os polícias postados na esquina aguardam que a música irrompa para começarem a correr. Na paisagem imóvel da página colorida, marioneta sugada pela música, a mancha policial move-se lentamente. Sai do horizonte do nosso olhar por um alçapão branco. No lugar do seu retrato fica a mão. Aquela mão que sai da máquina fotográfica, das pregas do seu corredor de tecido preto, para flutuar livremente pelo jardim.

# A ÁGUA CANTA

A manicura é o rosto. Visto de frente é agudamente atento. Afunda-se entre o nariz de marfim negro que lhe desce da testa sobre o cone de sombra verde, minúscula boca. Os olhos observam-nos para lá da máscara. Um olhar impalpável. Escrevo no meu bloco: é o olhar de uma imortal. Tem uma inocência vazia de sentido humano. Tem a fixidez cristalina de um animal fantástico que nos olha quando deambulamos, levissimamente, ao acaso, nos nossos sonhos. Um olhar que nos atravessa, olhar nosso anterior ao nosso olhar, galáxia de estrelas fixas no deserto dos corpos sem carne, espelho de astros, cintilações minerais.

Quando o homem que sentado na sala de espera do consultório médico, imóvel, a observa atentamente, o rosto decompõe-se como se uma repentina pena ou vergonha o despertasse. Matéria dúctil ao olhar, ela mostra-se-lhe de perfil. Uma face branca e perfeita. Então eu vejo a outra face. Está corroída por uma mancha sombria e espumosa, cor de vinho. A minha atenção desperta a atenção dela e eu sou descoberta. O rosto move-se por duas linhas de tensão de direções contrárias. Tenho a impressão que o seu rosto cresce para lá dos seus limites. Move obliquamente a cabeça. Fico retida numa linha de sombra. Os limites do seu rosto concentram-se. Desvio o olhar. O rosto dela parte para uma zona de obscuridade.

Penso com as minhas palavras que nada enxergam: é um rosto dividido entre o pânico e a órbita interrogadora do pensamento; o debate entre o nada e os limites; o terror de um percurso de sentença em sentença, de esperança em esperança, de acontecimento em acontecimento. O rosto vai-se distanciando do corpo. Entre o vestido de xadrez e o rosto correm nuvens. A pele incendeia-se junto da raiz dos cabelos negros com um fulgor ultravioleta.

A água canta nas nascentes do imaginário.

# EROTISMO

A pornografia é o erotismo de um único dos nossos sentidos: a vista. Ele pinta, ternamente, uma espécie de amor táctil.

# CASAL MELANCÓLICO

Ela tinha-o amado com o sentimento, mas não com o olhar. Ele passava a vida a tentar tornar-se-lhe visível. Ele não aguentava a sua angústia porque não sentia já do amor senão a angústia.

Quanto a ela, o que a interessava nele era o sexo. Um hábito a que não renunciava. Ele dizia: – É o esquecimento de tudo o que eu fui como se apenas fizesse parte do obscuro longínquo da sua alma. Fui-me despedindo e despindo das minhas aparências. Renunciei a elas sem renunciar a mim. O meu corpo está ausente no olhar dela.

O olhar era nela uma evasão, as suas mudas palavras, e dirigia-o para os outros homens. Havia nela um desejo de desejar, uma sensualidade balbuciante, suplicante. Ele sentia-se traído mas não o podia confirmar. Era um saber sem confirmação possível. Quando a interrogava sobre esse fato, ela emudecia, encolhia os ombros. Ela vivia num estado de indiferença que lhe escondia.

Quanto à fidelidade dele, ela dizia-me: – Ele não me é fiel a mim mas sim a si mesmo. Eu sou o laço que une o seu passado ao futuro. Sou a sua continuidade. Ele não compreende o sentido da minha liberdade e da minha necessidade de escolha.

Entre ao "possíveis" dela e a continuidade desejada por ele havia uma maneira diferente de sentirem a fuga do tempo.

À persistência de ambos eu chamei "melancolia".

# CARTA DE PAPIRO

Os papiros nas margens e flores suspensas nas negras e taciturnas águas do lago. A nostalgia de um tempo que fluía entre raízes densas e sentimentos constantes. Uma imagem permanece, uma emoção sem notícia, um pensamento. Meço o quanto existe no esquecimento: o rosto do último sobrevivente de uma tribo deixando a pairar no ar a última palavra de uma língua que ficará, para sempre, esquecida. Subindo de um poço de dor e mágoa, as nossas lágrimas afloram, grossas como cordas, sob as pálpebras. Dor sentida pelos seres humanos apagados da face da Terra e mágoa por nos ter sido roubada neles uma parte da totalidade da Criação. A nossa singularidade acha-se desse modo também ameaçada. Por muito que viajemos, jamais, sim, jamais correremos os magníficos riscos que nos permitiriam alcançar a plenitude da nossa dignidade singular. A Humanidade, para se vingar de ter sido expulsa do Paraíso, expulsou de si a divindade.

Para lá do espaço vive o Último Rosto. Na terra sigilada, Alguém dorme, quase há um século, sob o espesso véu do esquecimento, entre ossos esparsos e joias de preciosas gemas soltas pelas espirais de cabelos.

Uma borboleta poisa numa folha verde. Nas suas asas há desenhos de círculos e linhas. Imagem do cosmos, da beleza e da verdade. A borboleta, símbolo da liberdade e da não violência, voa, de flor em flor, mais alto, cada vez mais alto, cada vez mais longe ela voa, para a floresta, para o lugar onde vivos respiram e cantam, ainda, os Últimos Homens.

# O MEU MÉDICO

O meu médico é um homem magro, de rosto bondoso e de cabelos brancos. Tem as mãos leves, brandas e precisas. Adivinho na expressão do seu rosto e nalgumas frases soltas que pronuncia, uma espécie de assombro perante o renascimento dos tecidos, esse mistério da carne que intimamente renasce e se liga, e também uma íntima admiração e algum temor perante o sofrimento que somos capazes de suportar e a forma inconsciente como estamos vivos. Enquanto se ocupa com o meu corpo fala ao meu espírito, fala-me dos livros que tenho à cabeceira. A sua competência é a sua retidão.

Ele sabia de mim mais do que eu própria. Eu temia pela sua saúde e punha-me à escuta dos seus passos no corredor e assomava à janela à hora da visita para o ver chegar. Sentava-se junto de mim e dedicava-me alguns minutos do seu precioso tempo. Não sei se está hoje mais velho e enrugado. O rosto com que o recordo foi o que lhe vi antes da anestesia. Sempre o verei assim? Se morresse seria o último rosto que eu teria visto antes dessa misteriosa viagem. Ele disse antes de eu me afundar naquele entorpecimento profundo: – Estou aqui, estarei sempre aqui.

Quando fiquei curada confessou-me que estava doente. Ele, o médico devotado, era como um irmão fatigado e doente que sabia demais de si próprio e da sua doença para poder receber de mim a tranquilidade que me dava.

# VENERAÇÃO

Amo a vida através do meu instinto de conservação. A minha inteligência, apesar de me não ajudar a amá-la, ajuda-me a compreender e a respeitar o modo como ela se exprime em cada ser. A minha prece, feita com solenidade, dirige-se a mim para que não morra em mim o amor pela Vida. Não salvo a Vida mas a vida que em mim existe. E, talvez assim, existindo em mim com veneração e temor, pela prece e labor quotidiano, eu acabe por contribuir, ainda que modestamente, para que ela se salve na Terra e no Mundo.

# PUBLICIDADE

Na publicidade as imagens não são familiares, são quotidianas. Delfina compunha as chinelas de lã junto da cama para as poder usar imediatamente quando se levantasse. Era a sua forma de inventar a amabilidade do dia seguinte. Para que o dia começasse por lhe ser favorável.

"Com Coca-Cola a vida sorri"! reza o anúncio publicitário.

Tu não precisas do sorriso de ninguém, tu tens a Coca-Cola! O mundo da publicidade ignora o sofrimento e a morte. Usa a solidão de todos agrafando na sua pele pungente os sorrisos falsos e o conforto efêmero. Reduz-nos ao escasso dinheiro que detemos e que vai alargar aquele mesmo poder que nos empobrece. As garrafas transpirando de frescura e não de medo parecem mais valiosas que nós, pois têm uma frescura de película. Sobre as mesas-de-cabeceira a água engarrafada estagna pudicamente.

# HORIZONTE

O meu horizonte nasce para lá da minha janela, por cima de um muro. Entre as plumas negras de uma palmeira um gato verde passa.
A lua fotográfica desce pelas laringes de pedra dos arranha-céus.
A Terra viaja pelas imensas galáxias da selva estelar.
Acalma-me o silêncio visual do Universo, o silêncio que nos vem dos astros, dessas sonoras esculturas em movimento.
Do outro lado da parede, um relógio reza horas que nascem como folhas solenes, como acantos de água em catedrais de silêncio.
Nos arquipélagos do meu corpo há murmúrios de órgãos invisíveis.

# RESTAURANTE

Numa mesa ao lado da minha um casal de americanos bebe Mateus Rosé. Vestem-se de tons rosados e são fortes e corados. Têm uma auréola de saúde e optimismo. São mesmo a imagem humana de uma solidez feliz. As suas vidas parecem geridas pelo signo da garantia. Falam pouco, mas são sorridentes e bem dispostos. Eles entreolham-se e mutuamente se imaginam por intermédio de imagens automáticas e simultâneas: os dois bebendo felicidade Mateus Rosé, bebendo o instante romântico dos bons velhos tempos quando bebiam vinho Mateus Rosé entre milhares de imagens de casais felizes flutuando na grande vaga rosada da comunidade dos que bebem Mateus Rosé.

Pedem-me que lhes tire uma fotografia. Ao enquadrá-los na objetiva da máquina, o sorriso confiante de ambos deu-me a sensação íntima de estarem eles na companhia de uma imensa e feliz posteridade, de viajarem na companhia dessa posteridade próspera e feliz cujo futuro estava garantido por um século. Dos países por onde viajam não lhes interessa senão as paisagens, a infinita beleza e variedade das paisagens onde vivem seres sem futuro, bons apenas para os servir. No meu caso, também para carregar no botão da máquina que os levaria ao próximo século e ao coração e à memória dessa posteridade feliz.

# VITRAIS

A cidade é uma catedral com janelas que dão para o interior dos muros. A luz não vem do sol mas de dentro das casas, das montras envidraçadas, dos espelhos dos cafés e pastelarias. O som chega-nos da rua como de um órgão gigantesco. Na pastelaria, entre espelhos paralelos, chove sobre éclaires de chocolate, guarda-chuvas negros e o vulto cinzento de uma mulher com a sua criança azul.

# O SUSTO OU A PAISAGEM SEM O CORPO
(retrato da pequena Sofia, minha sobrinha)

A criança entrou no Museu da Marinha pela mão da mãe. Ao ver os barcos correu para eles. Os barcos encalhados nas vitrinas partiam contra a corrente dos seus passos miúdos, os mesmos e sempre outros, navegando sobre rumores oblíquos, vozes e gritos infantis. A criança estava dentro da paisagem e corria arrastando na sua velocidade os barcos, os grandes e os pequenos. Deu várias vezes a volta ao Museu. Parou e viu que estava cercada de malas de mão, pernas, saias e calças que iam e vinham entre barcos ancorados sobre rumores oblíquos, vozes e gritos infantis. A criança estava na paisagem que corria, no filme. Olhou e não viu a mãe. Começou a chorar junto da janela que dava para a terra firme e relvada do jardim.

A mãe seguira-a sempre. A tia, eu, seguira-a sempre. Mas a mãe não estava no lugar onde a criança se lembrava de a ter visto pela última vez, isto é, sempre. E eu, a tia, ficara no cais do adeus donde sempre se volta. Enquanto andou a fazer com que os barcos navegassem a criança estava junto do corpo, navegando encostada ao lado de dentro do corpo materno.

A mãe, pondo-lhe a mão na cabeça, disse: – Eu andava atrás de ti. Porque não olhaste para trás?

A criança parou de chorar, mas não soube que dizer. Indecisa, media o espaço fora e o espaço dentro, a sua enorme perplexidade, a viagem dentro da viagem.

Durante o resto da tarde saía em curtas corridas para fora do corpo materno sem o perder de vista. A criança pensa, com o susto, que se deixa de ver o corpo, ela, a criança, deixa de ser sentida por ele. E ela não podia ser criança sem ser vista e sentida pelo corpo materno. E a mãe não podia ser mãe se não a estivesse vendo a ela, a criança.

# UM SILÊNCIO FECHADO

Ela dá-se através dos gestos mas não se dando neles. Vive para os outros mas pensando apenas em si mesma, cobrando-lhes em fatos o que dera em aparências. É a sua forma de isolamento, diz-me ele, na sala de jantar. Ele não sabe, pensei eu, que ela esperara demasiado de uma longa, dura e desesperada espera. Ela, na cozinha, também sabe que ele não sabe. A sua vingança é ele não saber. O que é importante entre os dois é o silêncio, o que nunca foi dito. Viviam ambos, cada um a seu modo, submersos num obscuro ressentimento cuja face visível era o silêncio.

Quando ela percebeu que eu sabia o que se passava disse-me, na cozinha: – Morreu em mim a alegria.

E afastou-se de mim para sempre. O que eu sabia deles era-lhe mais penoso do que o silêncio que a envolvia.

A maior parte das mulheres relaciona-se com os homens assim: dando-se na simplificação do seu sexo.

# DIGA, DIGA 8X4

Ela é citadina e datilógrafa. Gosta dos filmes de Fred Astaire e da publicidade na televisão e no cinema. Gosta, sobretudo, das imagens do filme publicitário do desodorizante "Diga, Diga 8X4". Ela cantava enquanto escrevia cartas comerciais:
Diga 8 vezes 4
Diga 4 oito vezes
Diga 8 quatro vezes
Diga 4 vezes 8
Em casa saltava oito vezes em uma corda cantarolando: quatro, quatro, quatro, quatro, quatro, quatro, quatro, quatro.

Ele vivera parte da sua infância no campo e estudara em pequenas cidades da província. Um dia pediu-lhe que deixasse crescer todos os pelos do corpo e não usasse desodorizante algum. Ela, que se depilava cuidadosa e abundantemente usava desodorizantes e perfumes para eliminar o seu odor corporal, ficou chocada.

– Nem sequer conheço o teu cheiro. Pareces uma dessas estampas que os motoristas colam nos vidros dos camiões. Uma imagem para onanistas – disse-lhe ele.

Ela sentiu o súbito desvanecimento do desejo que sentia por ele, quero dizer, da forma como ela se desejava nele: nua e pelada cheirando a 8X4.

# VOZES E RUMORES SUSPENSOS

Leio os meus dias percorridos vertiginosamente iguais, de casa para o emprego e do emprego para casa. Na cadeia infinita das noites e dos dias mecânicos, proliferam imagens tumultuosas que não absorvi. Imagens – vozes – objetos que sendo meus não se unem à minha vida. São apenas movimentos de uma sonoridade espessa e desconcertada, linhas distorcidas por uma contração violenta do tempo. Sonolenta, a vida ia vivendo, sem mim. A minha vida ia vivendo sem "eu".

Como se auscultasse o coração de continentes imersos, apreendo a respiração desses dias inexistentes. Olho-os de longe e há o exterior e o interior desses dias: vozes e rumores, rostos e desejos e olhares... suspensos.

Com a Escrita, busco a arte do equilíbrio na desilusão.

# NOITE

No oceano da noite as casas espacificam-se. São montanhas negras ou navios. O meu "eu" não se debate, assiste. É um "eu" com uma memória espacial em que a gravitação das palavras no texto cria um mundo que foge da sua própria história.

# FRA ANGÉLICO
## Recordando o pintor Joaquim Bravo e Milú

Como, às colheradas, compota de figo. Os frutos inteiros, rostos de madonas verdes, mergulham na brilhante calda bizantina. Esta compota de oiro fabricava-a umas mãos amigas. Mãos que criavam a sensação de uma penumbra confortante. Mãos que se moviam derramando as delícias de uma dádiva alegre.

Setembro atrás de mim. Jardim de figueiras anãs calmamente poisadas entre as colunas de um tempo intato.

O sabor doce da compota de figo é a iluminura destas páginas onde gravei o esboço de umas mãos amigas.

Celebro a paz das tardes de Setembro, o verde equinócio das primaveras na adolescência dourada dos frutos. Num nicho do céu a apaziguadora calda das molduras estivais, com seus tons rosados e brancos cercados de oiro. Celebro a recordação de tardes mais antigas, as da minha infância onde, entre altas sombras verdes, as mãos da minha mãe fabricavam também a calda doirada dos frutos enquanto o seu olhar atento me seguia, eram tardes de uma fresca e animada quietude, gritos infantis vinham entre risos do fundo do açude e, na estrada da vila, um ébrio passava cantando.

# AVIAÇÃO

Ao ver um avião ele disse que queria ser aviador para voar tão velozmente como o desejo.

Eu pensei: o desejo foi sempre a sua angústia. Quer chegar tão velozmente que nem desejar quer.

Fiz menção de lhe perguntar se de fato queria o avião para chegar ou simplesmente para partir, mas ele adivinhou o meu pensamento e adiantou-se: – Para voar, simplesmente voar, sem dor, nem ânsia.

Ele necessitava do desejo como outros da paixão. Ele necessitava, para se sentir vivo, de viver um estado emocional sem objeto.

Para se distrair (ele é dos que se distraem com as observações próprias desde que as faça ouvir aos outros, quero dizer, desde que as ouça na própria voz) comentou ao ver um cão na garagem de autocarros donde eu partiria:

– Este cão vai viajar. Os cães gostam de acompanhar as pessoas aos autocarros. Também vão aos cemitérios acompanhar os donos. Se os deixassem eles invadiam os cais, as gares, os aeroportos, os cemitérios. Mas este cão está tão domesticado que parece um móvel. De frente, com as patas juntas, tem um estilo Império, visto detrás é um guarda-fato Queen Anne.

Ele estava ali junto de mim, na garagem, esperando que eu partisse. Ele e o cão.

# APELOS

Devo a minha vida à Vida. A Vida foi a minha verdadeira mãe. A Vida é anterior a nós, a todas as gerações humanas, animais, vegetais e minerais. A Vida gerou-me por intermédio de meus pais e nascemos ignorando nós quem eles são e eles quem nós somos. Somos todos muito mais antigos que nós próprios e todos nascemos para uma forma peculiar de solidão. Por isso precisamos da eternidade e do amor. E pouco sabemos de nós e dos outros, mesmo os que são os nossos pais, se o não descobrirmos. Por isso sofremos e agimos. Por isso eu invento o Universo onde a minha vida se desenrola e adquiro a minha liberdade subordinando a minha existência não só aos fatos mas também aos homens, às mulheres e às crianças que me fizeram aceder a uma insuspeitada dimensão da existência.

Quereria que a breve eternidade do amor nos alcançasse e que estivéssemos todos tão vivos uns para os outros que se tornasse desnecessário lutar pela sobrevivência da memória.

# O SEGREDO DA BONECA ACHANTI

Espelho negro
e
número sem orelhas
Espelho número
e
negro sem orelhas
Número negro
e
espelho sem orelhas

# TELEVISÃO

A mulher gostava de comer diante da televisão. As imagens tornavam-lhe suportáveis as refeições. A mãe dizia que ela, em criança, para enganar o apetite, folheava revistas de banda desenhada e, quando adolescente, revistas de modas. Segundo percebi, o paladar dela não era vivo nem cultivado. Podia-se dizer que não existia como acontece nalgumas crianças. O marido tinha, pelo contrário, um paladar apurado. A televisão tornava-lhe os alimentos insulsos. O seu paladar exigia-lhe concentração e só suportava, para que dele obtivesse satisfação, o remanso de uma conversa sem sobressaltos. Levou anos a descobrir a causa do seu desgosto à mesa. Como lho tivesse dito, a mulher apagou a televisão e, para lhe ser agradável, comprou um candeeiro com uma lâmpada de néon. Desesperado, ele queixou-se: – Esta luz forte e azul torna os alimentos inodoros. Tu comes com os olhos.

Não se resignando a perder para sempre um prazer, passou a comer, antes de chegar a casa, em pequenas tascas mal iluminadas, em bairros onde a certas horas o cheiro dos fritos e dos refogados impregna tenazmente a atmosfera das ruas estreitas. Passou a sonhar que jantava fora, com amigos, na alegre cavaqueira de outrora. Havia anos que a vida de casado o impedia deste prazer acolhedor que a distância e a privação engrandeciam.

Cerimoniosamente, como que para inaugurar a era do regresso ao apetite feliz, enviou convites aos amigos. No final do repasto estava desiludido. Depois dos abraços do costume sentaram-se para comer uma requintada ementa que mandara preparar num restaurante caro. O salão dava para o jardim e estava ornamentado com flores e frutos em profusão. Neste repasto maravilhoso gastara ele o subsídio de férias. As suas férias seriam gastas numas escassas horas de festa. Mas ele convencera-se que a memória dessa festa perduraria para toda a vida. Era o próprio espírito da festa que mesmo de longe o embalara, o estimulara, o decidira a resolver-se. O espírito da festa, antigo e sempre moço, exuberante e embriagador, impelia-o para a profusão de manjares, para os riscos dos paladares requintados. Parecia-lhe que uma sociedade incapaz de festejo é uma sociedade infeliz, e que por demais agarrada ao cálculo das despesas se tornava a sociedade portuguesa mesquinha, inculta e aborrecida. Mas estava desiludido: os convivas engoliam os manjares, cegos para as cores e os odores, indiferentes aos sabores e às formas que os sabores têm: uns, como sorrisos subtis, desvanecendo-se, outros olorosos e espessos, de uma espessura carnal, estonteante, remanesciam. E as bebidas, a leveza de umas, como brisas passageiras roçando a língua, enquanto outras, cálidas e pesadas assentando em nós como elixires de amor. Estava definitivamente desiludido: eles, à semelhança dos locutores de televisão, davam notícias de violações, de assaltos, de guerras. Outros, mais prosaicos, lançavam os olhares calculistas sobre toda a espécie de manjar que lhes era oferecido, outros especulando sobre as diversas figuras sob as quais lhes eram apresentados os alimentos, não conseguiam esconder a muda censura pelo desperdício e outros, ainda, como só sentissem prazer na quantidade, lançavam o dente a tudo e, repletos, tinham partido gabando-se do muito que haviam ingerido.

Não, só agora se dava conta, não era fácil comer. A civilização da abundância reserva ao apreciador o prazer de comer, mas solitariamente. A arte do repasto partilhado alegremente parecia ter entrado em declínio. Passou a dirigir a sua observação para os amantes que, ao acaso, encontrava em esplanadas ou restaurantes pouco frequentados. Nada viu de empolgante ou de acolhedor. Viu apenas a vaidade e o orgulho de quem pagava a conta. Sim, logo à entrada se via quem dos dois seria o pagador. Era aquele ou aquela que escolhia, e escolhia pelos dois. Viu mulheres em que se notava que ali estavam apenas para terem acesso à refeição. Mas o macho, obstinado e envaidecido, gozava apenas com o poder, com a conquista. Alguns, que se atribuíam a si mesmo qualidades independentes do poder que o dinheiro lhes dava, eram mais amáveis, condescendiam em dar-lhes uma margem de escolha, para assim prodigalizarem, à mulher supostamente subjugada aos seus encantos, uma migalha mais. Aqueles que tinham consciência que deviam o seu poder ao poder do dinheiro, eram especialmente cruéis, jogavam com o apetite ou o desejo da companheira, espiavam o que ela queria para poderem contrariá-lo ou conduzi-lo para um outro prato ou iguaria. Precisamente aquela que lhes parecia haver sido rejeitada. Com satisfação, ele verificava que muitas mulheres comiam com inesperado apetite a iguaria que haviam fingido rejeitar.

Estava emocionadamente desiludido e amargurado por ter constatado que ninguém parecia sentir a que ponto a violência penetrara nas suas vidas influenciando a intimidade e roubando-lhe os prazeres e a sua psicologia. A violência dos costumes parecia ter varrido do mundo o homem civilizado, amante do ócio e do prazer inteligente. Esta constatação levou-o a uma profunda meditação e, de imediato, a uma interrogação: por que razão as notícias se davam à hora das refeições? Como se dissessem: Já que estais aí sentados, ouçam estas notícias que temos para vos dar... etc.

E cada um deles comia, silencioso e solitário, vergado à voz que lhes dava as terríveis notícias do mundo. Mas um dia, aconteceu-lhe acordar inundado em suor, numa aflição sufocante. Recordou a infância. Como haviam sido terríveis os anos da infância! Como era para ele uma sorte infinita poder comer e divagar sobre a comida! O medo que tinha, e os irmãos, de irem para a mesa! O pai, quando os apanhava sentados e descontraídos diante da alegria de comer, desrespeitando-os e aproveitando a descontração e a imobilidade deles, rodava o olhar de cão feroz sobre eles, disposto a enxotar da mesa, onde ele imperava, a vítima por ele escolhida e que estava ali, bem à sua mercê. Como havia sido grata a sensação de descanso quando, já adolescente, comia em pé na Cantina da Universidade! Como gozara a sensação de estar longe, bem longe do animal imperador que rosnava a todos os que se aproximassem da mesa. Como o havia invadido a lassidão de constatar que nada de limpo e belo se pode esperar do mundo. Singularmente aflito, ele perguntava-se que atalho deveria tomar para achar o lugar onde a paz tivesse repouso, onde o belo se pudesse exprimir sem medo, onde o homem tivesse o seu quinhão de benevolência! E concluía, com resignada tristeza, como era irracional e tumultuoso o mundo bem ordenado em que vivemos!

# POLAROID OU NARRATIVA EM FORMA DE DOMINGO

Ao domingo há o casamento e o restaurante, lugares onde estamos à mesa, sentados diante de alvas toalhas de silêncio, bebendo um vinho roxo em copos de pé alto. Há no cristal os fantasmas sonoros das raízes inebriadas.

No prato, a espinha do linguado, como a pena de um cisne branco, e, longe, a audácia das araucárias no céu cinzento. Cola-se ao arvoredo o perfil de um guarda-chuva azul. Sapatos de salto muito alto e fino pisam o empedrado das alamedas. Como um brilho negro aflorando o chão.

Ele pensa que eu posso morrer em breve. Através da máquina fotográfica narra-me para a sua memória como se eu fosse uma imagem delicada que vive entre parêntesis de tempos livres. A máquina exigia que eu me narrasse. Aflita, eu apertava com os dedos a mala de mão. Pensava no meu rosto: letra branca ou lua vaga, eu narro-me no espelho obscuro das palavras.

A máquina devolve-me a cores o meu rosto. Na fixidez mortal da imagem, eu sorria entre as árvores com os meus dias inteiros de silêncio.

Nada foi revelado nesse instantâneo colorido. A tarde ficou no polaroid. A luz amarela esculpia as silhuetas daquela tarde antiga e lenta. Sobre extensões de relva verde, as sombras das árvores deambulavam pelo jardim.

Foi um domingo em forma de narrativa.

# SENTADA DE COSTAS PARA OS OUTROS

Ela chegava ao café primeiro que ele. Sentava-se na mesa do fundo de costas voltadas para o resto da sala. Quando ele chegava sentava-se, não frente a ela, mas no lugar diante da porta. Enquanto ela falava (só ela falava), ele olhava para a rua. As frases dela pareciam sair da chávena do café. Ele parecia não a ouvir e respondia-lhe com monossílabos. Ela não o olhava pois o rosto dele surgia por cima da cabeça dela, imóvel, de olhos abertos e fixos e uma expressão de concentrada revolta, de uma fatigada surpresa. Ela, de cabeça baixa, brincava, por vezes, fazendo tilintar as escravas de prata que lhe ornamentavam o pulso. O olhar dele, dirigido sempre para a porta do café, intrigou-me. Soube, mais tarde, que estivera preso durante o fascismo por razões de ordem política e passara longas temporadas no Segredo.

Ele, verdadeiramente, nunca havia saído da prisão. De costas voltadas para a parede, fixava ainda o que havia ou poderia haver atrás de uma porta fechada: o olhar do guarda, por exemplo.

Com os anos, a porta talvez fosse apenas esse vazio por onde os indiferentes circulavam, à frente dele, sem que o vissem, eles fechados também e para sempre ao seu olhar que se fechara lentamente ao exterior.

# BIWA

A música do instrumento tradicional japonês, a biwa, leva-nos a evocar o mar, as cerejeiras em flor ou as estações do ano, numa referência aos fenômenos, não à realidade. Os sons pairam no espaço, vibrantes de luz e de tensão criadora, em compassos de êxtase e de vertigem. No acorde ressoa a luminosa intensidade de um verão, a fulgurante paleta do outono, o esbatido cinzento do inverno ou a clara transparência da primavera. Tomba o acorde e a sua queda, breve e tensa como uma emoção, está contida num equilíbrio harmônico.

# A ARCA DE NOÉ

Quando o ruído da cidade me oprime vou ao Jardim Zoológico visitar os gorilas e orangotangos. Escolho os dias úteis para fugir à multidão ruidosa que o invade nos domingos e feriados. No século XX, viajo ainda na época do imperialismo colonial do século XIX, com a sua avidez de exotismo encoberta pela ciência.

De um dos cantos do estreito corredor olho-os, olhamo-nos. Os orangotangos estão, como eu, quietos. Há neles indiferença pela presença humana parada, pelo meu vulto que enxergam através das grades e dos vidros grossos. Dentro da jaula da cidade, esta jaula é o único lugar silencioso que conheço. Da janela vejo árvores de folhagem nítida e verde. Uma brisa ligeira agita os ramos. No ecrã fixo do vidro da janela, o vento espalma minúsculas folhas verdes, tecido fisiológico de sombra, cor e plasma. O vento filma o movimento e a sua ausência. Recua a folhagem e o verde derrama-se em sombras verde água e as folhas são sombras de outras folhas na ondulação do vento verde. Eles, os gorilas, estão ali, numa sabedoria quieta, sem saberem já o que lhes sucedeu ou o que lhes falta. É a única diferença que nos separa. As suas existências não têm memória, não têm passado. Há, contudo, ainda uma outra diferença, esta, mais subtil e inquietante – tê-la-ão eles? – a nostalgia do verde, a nostalgia de um movimento verdadeiro. Porque tudo o que nos faz mover é exterior à nossa vontade, agimos sem verdadeiramente nos movermos. Falsos movimentos, ilusões do movimento – o ritmo e a velocidade.

Quando deixo de pensar torno-me agressiva. Eles, os gorilas, quando a multidão invade o corredor estreito, seu próprio território, agitam-se. Também para eles viver será estar atento, e pensar, será andar distraído? Pertenço à família dos orangotangos e gorilas. Quando me obrigam a estar atenta para poder dominar o que me rodeia afim de me preservar, torno-me agressiva e furto-me à ação dos outros andando de um lado para o outro sem saber o que fazer e com a sensação atroz de viver entre estranhos que me são familiares.

Na rua, as mulheres elegantes passeiam com casacos de peles de animais selvagens. Trazem aos ombros peles de animais mortos que longamente vão acariciando com os dedos e aconchegando à volta dos pescoços. Há no ar uma atmosfera decadente de revivalismo de grandezas passadas tendo como pano de fundo o sofrimento inominável das espécies em vias de extinção.

# PELA VOZ DAS VOZES INTERMEDIÁRIAS

Ela vive mergulhada num mar de ondas sonoras radiodifundidas. Moramos no mesmo prédio mas em galáxias diferentes. Eu pertenço ao grupo de pessoas que não suporta que alguém, no metro ou no autocarro, leia o jornal por cima do nosso ombro. Sofro da rejeição do automobilista que sente a estrada partilhada por um companheiro inoportuno que viaja num automóvel ao lado do seu. Hoje ninguém lê o jornal ou um livro em voz alta, excepto às crianças. Quando lemos algo de um livro ou de um jornal a alguém é como se nos lêssemos para outro por meio de uma frase ou de uma notícia.

O som foi, de certo modo, uma escrita. Uma aventura pessoal. Certos sons são para mim como a madalena para Proust. Ligam-me repentinamente à corrente da memória pelo cromatismo ou pela profundidade. Pela memória dos sons nos mundos do meu corpo. Pelo silêncio. A dodecafonia citadina é uma colagem de sons exteriores. São objetos sonoros em movimento.

O silêncio aberto é a minha força, o meu reencontro com um pulsar fundo e vital, com uma respiração cósmica. Para esta mulher mergulhada no som da rádio, nos spots publicitários e programas a certas horas que são como que a sua própria eternidade, o silêncio deve deprimi-la. A solidão dela, o vazio dela, decora-os ela de sons colectivos e impessoais. Essa vaga sonora que chega até mim monótona ou descontínua, é o meu relógio subconsciente. Este armazém de sons metalizados e de vozes estereotipadas invade o meu silêncio e o meu espaço impedindo-me de me concentrar na escrita ou na leitura. Para poder concentrar-me telefonei-lhe. Informei-a sobre a minha necessidade de silêncio para trabalhar. Quebrado o anonimato e a indiferença aconteceu-me o pior, algo de terrível e inexplicável. Ela passou a aumentar o som do aparelho sempre que me sentia em casa. Perplexa, eu sofri esta agressão até compreender que mais não era que um grito saído de uma garganta muda, como acontece no corredor sombrio dos sonhos quando gritamos assustados e nenhum som ouvimos fora de nós, senão o grito dentro das nossas orelhas enlouquecidas pelo terror. Grito mudo que enviamos para alguém que não nos escuta porque não ouve o grito imenso e mudo do nosso corpo rodeado pelo medo e pela solidão. Um grito mudo entre paredes sem vida. O grito do "eu existo e vivo entre paredes mudas" ou "tu existes e escutas-me e eu disponho de um poder em relação a ti". Ela tinha o poder de criar o meu espaço sonoro. E falava-me como se me desse ordens. Para me subtrair a este diálogo tirânico não lhe telefonei mais, comprei ohropax e tentei esquecê-la.

Aconteceu então o imprevisível. A vizinha do lado entrou na guerra das ondas sonoras. Respondia-lhe com outros programas a certas horas. Eu não vivia num prédio, vivia dentro de um aparelho de rádio gigantesco. Ao cruzar-me com a vizinha, na escada, perguntei-lhe porque não consentia em ouvir os programas da outra, da de cima de nós, já que tão bem se ouviam no prédio inteiro. Respondeu-me que não ouviam a mesma estação e que portanto não falavam por intermédio das mesmas ondas e que a outra a vinha sempre provocando sobretudo às horas dos noticiários politicamente duvidosos.

Um dia encontrámo-nos na pastelaria. Era a de cima uma mulher convencional que só saía à rua quando lá estava como pensava que devia estar vestindo-se tão segundo a moda que parecia um manequim evadido de uma loja. A sua conversa não revelava qualquer pensamento, mas simples opiniões. Exprimia-se através de frases comuns, não dominava a voz nem a expressão do rosto e quando se calava ficava com os traços duros e fixos como os dos heróis de banda desenhada ou como os rostos dos manequins que nos olhavam de um dos cantos de uma montra levemente inclinados para o passeio.

# CORREIO

Na estação dos correios em Benfica, o Guineense avançava pacientemente na fila com as mãos vazias e a larga gabardina coada do vento, da chuva, e do sereno das noites e tão afeiçoada ao corpo que ele parecia senti-la leve como uma segunda pele. Quando se aproximou do guichê, o funcionário pareceu reconhecê-lo, pois sorriu quando o Guineense lhe apresentou o recibo usado. Com uma das mãos, o funcionário ergueu do chão uma caixa e entregou-lha. Era a encomenda. Tinha em cada uma das faces um endereço diferente. Pensei: será ele o destinatário? se o é, como pôde recebê-la, como podia ter consigo o recibo? Aquela encomenda em forma de caixa era como um enigma de um lançamento de dados.

Ele virou o cesto dos papéis, sentou-se em cima dele e com o canivete começou a cortar a corda que atava a encomenda. Mas não a cortava indiscriminadamente como quem desconhece o que está lá dentro. Ele cortava-a pelos nós e, quando acabou, tinha uma corda inteira com a qual voltou a atar a encomenda depois de ter lançado sobre o seu interior um breve olhar. O papel pardo estava gasto nos cantos e a corda tinha vestígios de vários nós. Quantos endereços teria percorrido até voltar finalmente ao seu remetente? Como ele a tivesse entregado no guichê, inferi que esta encomenda empreendia de novo uma viagem circular. Não tive coragem de o questionar sobre tão estranho procedimento e pensei, não sem ironia, se não a teria ele enviado para si próprio. Ele não era conhecido na zona, tão pouco pernoitava num endereço fixo. Tratar-se-ia de um gesto fantasma em direção a uma conjunção suprema com a probabilidade?

Interrogado, disse isto o funcionário de serviço ao guichê: – Talvez ele procure saber, nas cidades distantes ou em ermas aldeias, quem a recebe ou não, quem estará vivo ou morto, quem sabe dele vivo, aqui. E ele vai sabendo dos que já não a recebem e, lentamente, vai riscando quem não responde já ao seu apelo.

# SEM RUÍDO, FECHO A PORTA[1]

Sonho de H.
(composição)

Na cidade os dias e as noites não existem. Há uma luminosidade que se degrada no betão, nos vidros, vidraças e espelhos e nas ruas como rios mortos sob o céu. No aquário de cristal das montras, simuladas sombras simultâneas e acústicas banham os manequins de inverno que sorriem. Em casa ou na rua, nas montras ou nos quartos, nos estendais de roupa, os objetos repetem-se, são volumes, formas e cores sem memória.

A vida citadina é uma catedral de gestos atentos, distraídos mas simétricos, mecânicos, vividos em sentido contrário. A este ritmo chamamos movimento. Massas humanas correm a horas certas da periferia para o centro e do centro para a periferia numa proliferação arbitrária, ruidosa e inquietante. Como uma anêmona gigantesca o movimento da massa humana abre-se e fecha-se mecânica e organicamente em uma sístole e diástole.

Eu, quem sou eu? Acontece-me ser, por vezes, uma silhueta com uma mala de mão que se reflete no espelho de uma montra e que eu reconheço não pela mão que a segura, mas por ter o fecho estragado. Sou uma silhueta que avança sem cabeça entre silhuetas sem cabeça. Nos saldos, em dias de grande afluência, nas cabines forradas de espelhos, o meu olhar vagueia de espelho em espelho, de imagem em imagem, entre séries de corpos curvados, montanhas de roupa, gestos precipitados, lentos ou apressados, em busca do meu corpo numa massa corpórea de Mulher fabulosa, dilatação de vários atributos de mulher num conjunto de linhas caóticas e abstratas.

Há no meu sonho a sombra de um sonho em que eu seguia por uma rua e me achava, de súbito, diante de mim própria. Receosa

---

1. Título de um lied da obra de Schubert, Viagem de Inverno.

deste face a face, eu caminho, nos sonhos, de costas. Vejo-me com a nuca através de um orifício artificial, pulmão por onde me respiro. A paisagem está sempre diante de mim e o que eu vejo com os olhos é a imagem de uma paisagem de costas.

Antes de adormecer, antes de caminhar para a realidade dos sonhos, dispo-me das minhas aparências, das minhas ilusões. Com o óleo raro dos visons, limpo do rosto os traços fatigados e coloridos, a escrita solar dos diamantes. A minha pele respira as pérolas úmidas do colágeno e do ginseng.

Ir ao cinema é como ir para a cama com uma diferença apenas: componho o brilho do rosto, avivo os traços apagados, o fulgor dos lábios, o perfume do corpo. Vou ao encontro dos sonhos pela rua, entre betão e vidro, blocos de cristal iluminados pela cintilação de estrelas eléctricas, simuladas sombras acústicas e rios mortos sob o céu. No inconsciente da cidade há rios vivos, algures, tumultuando em lenta agonia sob asfalto, pedra e cimento.

*Olhos telescópios, olhos para a noite, olhos únicos, olhos multíplices, olhos, em suma*[2].

No Centro Comercial o porteiro está à minha frente. Guardião de portas inacessíveis tem o perfil imóvel, a coluna curvada, o fato preto e o olhar fixo e brilhante. Tenho o pressentimento que podia ser o meu pai. De fato, não tem rosto. O bilhete é a senha. Para lá dessa porta é noite. Uma noite opaca, ilusória e infinita como o plasma onde se move o Universo. Deslizo na passadeira. A arrumadora vem ao meu encontro. Anda para trás com a lanterna luminosa na mão. É um uniforme escuro que se move no interior da obscuridade. Mostro a senha. Dá-me um lugar para me sentar. O meu número é o 69. Alguém que me segue mostra-me a sua senha. É o 69 o seu número. Mudo de lugar. Há o odor da camurça e dos corpos, o odor da solidão dos corpos, à distância. Corpos de homens voltados de costas. Retirada em mim, eu esperava pelas ilusões dos sonhos. Não há diferença

---

2. Estrofe de um poema de António Feliciano de Castilho, poeta cego.

entre as imagens que nascem dos objetos reais e as que nascem dos nossos sonhos íntimos. Ao fundo, as cortinas retiraram-se, movendo-se como corpos acéfalos envoltos no drapeado do veludo escuro, e o ecrã, vazio como o eterno nada, aparece diante de nós. No cosmos cego do ecrã abre-se o espaço infinito dos nossos desejos. Um mundo que nasce a partir do nosso corpo, o primeiro entre os seres, o criador, eu. Perante o ecrã vazio e branco houve uma pausa na respiração coletiva. Depois, como um coro uníssono e pulmonar, ergueu-se uma paisagem sonora e subterrânea de corpos suspensos numa floresta de sons, numa abóbada de arcos respiratórios. O centro dos meus gestos, a minha respiração, não me obedeciam. A noite plásmica aflora-nos então a pele, cola-se-nos ao corpo e o ruído mecânico de um coração gigantesco desperta-nos para a dança das imagens: ELETROCARDIOGRAMA.

# PASSEIO AO MARALÉM

Envolve-me o silêncio do mar, esse rumor da distância. Risca a vertigem das altíssimas escarpas a asa negra da leve andorinha e, sobre a terra ocre que os primeiros raios de sol acobreiam, o alecrim, numa saudação muda, derrama em redor o seu odor violeta.

Olho, no abismo do mar coalhado de estrelas súbitas, a poalha do sol nascente e penso no texto do escritor que aborda a vertiginosa altura do texto de outro escritor: as falésias brancas do papel, o rumor de uma voz à distância e o grande mistério do Homem ao fundo.

Maralém Maralém Maralém

Vou de passeio ao longínquo horizonte do passado hominídeo no maralém. A dor, espinhosa e crustácea, a dor vertebrada, dura, a dor tornou-nos humanos. Por isso vemos essa dor ossificada que nos ergue. Adivinhamos os peixes originários e as nossas vidas como folhas animadas que vogaram ao sabor das Idades. Ouvi o rumor da queda das Idades, um rumor ancestral, imenso, um rumor maior que o do maralém. Eu vi a minha vida como uma delgada folha viva ondulando nesse rumor imenso, mas num século de ferro. Uma folha, um momento, um átimo de plenitude. Neste século de ferro perdeu-se a doçura de viver, os seres deixaram de ser inteiros, ficaram demasiado leves, sem peso. São viventes – entes sem ancoradouro. A vida moral perdeu a gravidade.

A doçura de viver, esse apogeu, essa voluptuosidade calma, esse devir manso pretende captá-lo, de onde em onde, ao sabor dos humores, o turista. No jardim, ele ou ela chega, de máquina fotográfica em punho, lentamente, com circunspecção, olha devagar, senta-se e contempla no lago as águas trémulas, a árvore e a tarde de primavera. Sente a saudação da Terra, a frondosa saudação da Terra. Vê a Natureza morrendo de fidelidade ao homem. Assustado, pega na máquina fotográfica e dispara-a. Olha de novo em redor. Algo se retirou e recolheu. O ruído do disparo transportou-o de uma tarde para outra tarde. Tinha saído de uma tarde antiga tocada pela poalha doirada daquela tarde universal que se expandia ainda há pouco num doce e harmonioso arfar, no luminoso esplendor verde de uma antiga tarde primaveril. É o turista um colecionador de momentos. E, confiando a sua memória à Técnica, não os guardando dentro de si mesmo, eternamente lhe escapam.

Jamais alguém que vier depois dele conhecerá, ao olhar para aquela fotografia de um pequeno lago de águas trémulas sob a árvore, o esplendor de uma tarde antiga. A máquina não captou esse momento de plenitude. O turista socorre-se da máquina porque é incapaz de enfrentar o vazio, tem horror ao vazio. Para escrever esse momento, usa o registo fotográfico da máquina. Eu, com os grãos de luz destas palavras que vos lego, teci a memória desta tarde imemorial, esse momento de paz que a tornou vivível. Foi um momento de ressonância com a Criação, um momento de renovação do Ser. É o vazio criativo que Deus ensinou ao Homem descansando ao sétimo dia, dando-nos um dia vazio. Desse vazio, desse momento sem trabalho, sem história, caiu para o nosso ser esse momento, esse grão de tempo, essa pérola clara e distinta.

No longínquo longe, o mar vai modelando as praias do maralém.
Maralém  Maralém  Maralém

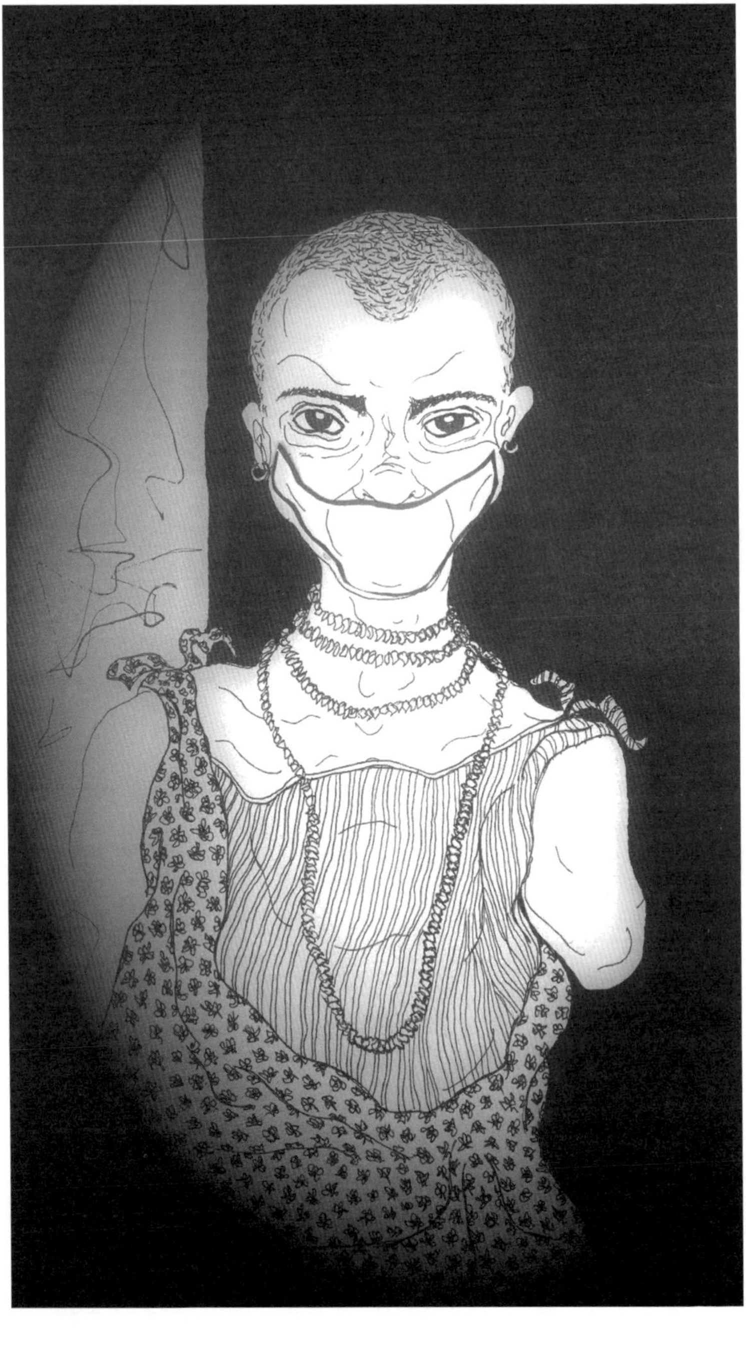

*Refúgio*

*Disse Buda aos seus discípulos, ao morrer:*
*De futuro, sede a vossa própria luz, o vosso próprio refúgio.*
*Não busqueis outro refúgio.*
*Não ides procurar refúgio senão em vós mesmos.*
*Não vos ocupeis da maneira de pensar dos outros.*
*Mantende-vos bem na vossa própria ilha.*
COLADOS À CONTEMPLAÇÃO.

# SOBRE A AUTORA

Joana Ruas (Portugal, 1945). Jornalista cultural e tradutora no jornal da República da Guiné-Bissau e na Radiodifusão Portuguesa. OBRAS: *Na Guiné com o PAIGC*, reportagem escrita nas zonas libertadas da Guiné em 1974, edição da autora, Lisboa, 1975; no jornal da Guiné-Bissau, Nô Pintcha, redige, em 1975, a página de literatura africana de língua portuguesa. Traduz textos inéditos de Amílcar Cabral escritos em língua francesa e recolhe na aldeia de Eticoga (ilha de Orangozinho, arquipélago dos Bijagós), a lenda da origem das saias de palha; *Corpo Colonial*, Centelha, Coimbra, 1981 (romance distinguido com uma menção honrosa pelo júri da APE; traduzido em búlgaro); *Zona* (ficção), edição da autora, Lisboa, 1984 (esgotado); *O Claro Vento do Mar*, Bertrand Editora, Lisboa, 1996; *Amar a Uma só Voz* (Mariana Alcoforado nas Elegias de Duíno), Colóquio Rilke, organizado pelo departamento de Estudos Germanísticos da Faculdade de Letras da Universidade de Lisboa, Edições Colibri, Lisboa, 1997 e publicado na revista *Agulha* nº 59 (www.revista.agulha.nom.br; *A Amante Judia de Stendhal* (ensaio), revista *O Escritor* nº 11/12, Lisboa, 1998; *E Matilde Dembowski* (ensaio sobre Stendhal), revista *O Escritor* nº 13/14, 1999; *A Guerra Colonial e a Memória do Futuro*, comunicação apresentada no Congresso Internacional sobre a Guerra Colonial, organizado pela Universidade Aberta, Lisboa, 2000; *A Pele dos Séculos* (romance), Editorial Caminho, Lisboa, 2001; tem publicação dispersa em prosa por vários jornais e suplementos literários. Participou com comunicações nas *Jornadas de Timor da Universidade do Porto sobre cultura timorense e sobre a Língua Portuguesa em Timor na S.L.P.* A sua poesia encontra-se dispersa por publicações como *NOVA 2* (1975), um magazine dirigido por Herberto Helder; o seu poema *Primavera e Sono* com música de Paulo Brandão foi incluído por Jorge Peixinho no 5º Encontro de Música Contemporânea promovido pela Fundação Gulbenkian e mais tarde incluído no ciclo "Um Século em Abismo – Poesia do Século XX" realizado no C.A.M.; recentemente publicou poesia nas seguintes publicações: *Antologia da Poesia Erótica*, Universitária Editora; *Cartas a Ninguém* de Lisa Flores e Ingrid Bloser Martins, Vega; *Na Liberdade*, antologia poética, Garça Editores; *Mulher*, uma antologia poética integrada na coleção Afetos da Editora Labirinto; *Um Poema para Fiama*, uma antologia publicada pela Editora Labirinto. O seu *Caderno de Viagem* ao Recife foi publicado em *Foro das Letras*, revista da Associação Portuguesa de Escritores-Juristas e na brasileira *Agulha*. Na revista eletrônica *TriploV* foi publicado um roteiro sobre a sua obra, *A Pele dos Séculos*. Em 2008, a Editora Calendário publicou o seu romance histórico *A Batalha das Lágrimas*. Participou na 8ª Bienal Internacional do Livro do Ceará onde proferiu uma palestra intitulada "Aproximar o Distante. Do Estranho ao Familiar – duas experiências: Timor-Leste e Guiné-Bissau".

Impresso em São Paulo, SP, em outubro de 2009,
em papel off-set 75 g/m², nas oficinas da Graphium
Composto em Rotis Serif, corpo 10 pt.

Não encontrado este título nas livrarias,
solicite-o diretamente à editora.

**Escrituras Editora e Distribuidora de Livros Ltda.**
Rua Maestro Callia, 123 – Vila Mariana
São Paulo, SP – 04012-100
Tel.: (11) 5904-4499/ Fax.: (11) 5904-4495
escrituras@escrituras.com.br
vendas@escrituras.com.br
imprensa@escrituras.com.br
www.escrituras.com.br